오페라의 유령

세계문학산책 38
오페라의 유령

지은이 가스통 르루
옮긴이 붉은여우
펴낸이 안용백
펴낸곳 (주)넥서스

초판 1쇄 인쇄 2013년 5월 15일
초판 1쇄 발행 2013년 6월　1일

출판신고 1992년 4월 3일 제311-2002-2호
121-840 서울시 마포구 서교동 394-2
Tel (02)330-5500 Fax (02)330-5555

ISBN　978-89-6790-156-1　04800

www.nexusbook.com
지식의 숲은 (주)넥서스의 인문교양 브랜드입니다.

세계문학산책 38
지식의숲

가스통 르루

오페라의 유령

붉은여우 옮김   김욱동 해설

지식의숲

차 례

유령이 나타났다

그날 저녁에 있을, 오페라 극장의 총감독인 드비엔과 폴리니의 퇴임식을 준비하느라 한창 분주할 때였다.

"아악! 유, 유령이다! 유령이에요!"

마지막 공연이 한창 무르익어 갈 무렵, 어린 무용수 대여섯 명이 분장실로 요란스레 몰려들면서 날카롭게 비명을 질러 댔다.

수석 무용수 중 한 명인 소렐리는 퇴임하는 총감독들을 위해 분장실에서 송별 인사를 준비하고 있었는데, 어린 무용수들이 시끄럽게 떠들어 대자 성난 얼굴로 그들을 쳐다보았다.

그런데 그녀들의 얼굴이 하나같이 새파랗게 질려 있는 데다가 턱까지 덜덜 떨고 있는 것이 아닌가.

"무슨 일이지?"

"유, 유, 유령이 나타났어요!"

그중에서도 어리고 몸집이 가장 작은 무용수 잠이 떨리는 목소리로 겨우 외치고는 얼른 문을 잠가 버렸다.

무용수들의 분장실은 휴식처로도 사용되었는데, 실내는 비교적 잘 정돈되어 있었다. 몸 전체를 비춰 볼 수 있는 대형 거울을 비롯하여 화장대와 옷장 따위가 갖춰져 있었고, 초상화도 몇 개 걸려 있었다.

'유령?'

극장 안에 유령이 있다는 소문을 들은 적이 있는 소렐리는 몸서리를 쳤다.

"정말로 유령을 보았니?"

"제 눈으로 똑똑히 봤어요! 아주 가까이에서 봤어요!"

잠은 다시 유령과 마주치기라도 한 것처럼 대답하면서 의자에 털썩 주저앉았다.

"얼마나 끔찍하게 생겼는지 몰라요! 너무 흉측했어요!"

"맞아요!"

"검은 신사복을 입은 것 같았어요……."

말라깽이 메그 지리가 앞으로 나서면서 덧붙이자, 나머지 무용수들도 고개를 끄덕이며 저희끼리 다시 요란스럽게 떠들기 시작했다.

유령은 긴 코트를 걸치고 멋진 옷을 입은 신사의 모습이었다느니, 마치 벽을 뚫고 나온 것처럼 무용수들 앞에 나타나 그들의 앞을 가로막고 복도에 서 있었다느니 하면서 모두들 한마디씩 하느라 정신이 없었다.

벌써 몇 달째, 오페라 극장의 가장 큰 화젯거리는 건물 주위를 조용히 그리고 천천히 배회하는 멋진 옷차림의 유령에 관한 것이었다.

유령은 어느 누구에게도 말을 걸지 않았고, 유령에게 말을 건 사람 역시 한 명도 없었다. 유령은 슬그머니 나타났다가 사람들의 눈에 띄면 연기처럼 감쪽같이 사라지는데, 걸을 때도 발자국 소리가 나지 않는다고 했다.

‘이 세상에 유령이 어디 있느냐’며 깔깔거리던 사람들도 실제로 유령을 목격하고 나서는 혀를 내둘렀다.

“해골이었어요! 분명 해골의 모습을 하고 있었어요! 아, 끔찍해…….”

무용수들의 말에 따르면, 유령의 옷은 해골 위에 걸쳐져 있다고 했다.

유령이 해골의 모습을 하고 있다는 소문은 무대 장치 책임자인 조제프 뷔케의 입에서 맨 처음 흘러나왔다. 그는 지하실로 가는 작은 계단에서 유령과 정면으로 마주쳤는데, 순식간에 유령이 사라져 버렸다고 했다.

"너무 말라서 꼭 해골 위에 옷을 걸쳐 놓은 꼴이더군. 움푹 팬 두 눈은 정말 무서웠어. 눈이 아니라 그냥 검은 구멍 두 개가 휑하게 있는 것 같았지. 코가 있어야 할 자리에는 아무것도 없었어. 아, 정말 끔찍하더라고. 얼마나 등골이 오싹하던지!"

그 이후 해골 같은 얼굴을 만난 사람들이 속속 등장했는데, 그중에는 소방대장도 끼여 있었다.

소방대장은 극장의 전반적인 시설을 돌보고 점검하는 일을 했는데, 물불을 가리지 않을 정도로 용감한 사람이었다.

그런데 그날은 극장 지하를 순찰하던 그가 평소보다 조금 더 깊이 내려갔는지 한참 뒤에야 무대로 허겁지겁 뛰어왔다. 그리고 금방이라도 쓰러질 것처럼 하얗게 질려서는 갑자기 활활 타오르는 머리가 몸뚱이도 없이 허공에 둥둥 떠서 다가왔다고 떠들어 댔다.

소방대장이 목격했다는 유령과 조제프 뷔케가 보았다는 유령은 모습이 달랐기 때문에 무용수들은 나름대로 이렇게 결론을 내렸다.

"오페라의 유령은 얼굴이 하나가 아닌가 봐. 자기가 모습을 바꾸고 싶으면 마음대로 변하는 것 같아."

아무튼 유령을 목격했다는 무용수들의 얘기로, 분장실 안은 공포에 휩싸였다.

처음의 흥분이 가라앉자 분장실은 다시 조용해졌다. 그러다가 갑자기 잠이 벽 한쪽 구석으로 뒷걸음질 치며 잔뜩 겁에 질린 표정으로 소리쳤다.

"저 소리 들었어요?"

문밖에서 무언가 스치고 지나가는 소리가 들리는 것 같았다. 마치 비단 천이 스치는 소리 같았다.

다시 침묵이 흐르자, 소렐리가 문 쪽으로 다가가서 떨리는 목소리로 물었다.

"누구시죠?"

그러나 아무런 대답이 없었다.

무용수들은 모두 소렐리를 바라보았고, 소렐리는 다시 한 번 큰 소리로 물었다.

"문밖에 누가 있나요?"

하지만 여전히 아무 대답이 없었다.

소렐리가 손잡이를 꽉 잡고 과감하게 문을 열려고 하자, 겁에 질린 메그 지리가 치맛자락을 붙잡으며 말렸다.

소렐리는 몸에 지니고 다니는 단검을 꺼내 든 다음 문을 열고 복도를 내다보았다.

그러자 무용수들은 소리를 지르며 분장실 안쪽으로 허둥지둥 도망쳤다.

소렐리가 밖으로 나가 어두운 복도를 살펴보았지만, 복도는 텅 비어 있었다.

그녀는 급히 문을 닫으며 한숨을 쉬었다.

“아무도 없어, 복도에는. 애들아, 이제 그만들 좀 하렴.”

그러자 잠이 소렐리의 곁으로 다가서며 힘주어 말했다.

“아니에요! 방금 전에 분명히 봤다니까요!”

“자, 정신들 차려! 유령을 실제로 본 사람은 아무도 없으니까 말이야.”

“아니라니까요. 조제프 뷔케 씨가 본 유령과 똑같았어요. 어제 가브리엘 씨도 유령을 보았다고 했어요! 환한 대낮에 말이에요.”

왜 믿지 않느냐고 타박하는 말투로 잠이 말했다.

“합창단장 가브리엘 말이니?”

“네, 그렇다니까요! 단장님이 무대 감독 사무실에 있었는데, 페르시아 인이 들어왔대요. 그런데 페르시아 인 뒤에 유령이 있더래요. 뷔케 씨가 말한 것처럼 해골의 모습을 한 유령 말이에요.”

잠이 하얗게 질린 채 숨도 쉬지 않고 말했다.

"뷔케 씨는 유령 이야기를 하지 말았어야 했어."

메그가 혼잣말처럼 중얼거렸다.

누군가가 이유가 뭐냐고 묻자, 메그는 불안한 듯 주위를 둘러보며 작은 목소리로 대답했다.

"쉿, 조용히 해! 우리 엄마가 그러는데, 유령은 남들이 자기 얘기를 떠들고 다니는 걸 싫어한대."

"네 엄마는 왜 그런 말씀을 하신 거야?"

어린 무용수들은 호기심이 발동했는지, 메그에게 바싹 다가와서 다시 물었다.

"왜냐하면, 그러니까…… 아무것도 아니야. 절대로 말하지 않겠다고 맹세했어, 나는!"

비밀을 지키겠다고 약속했다는 메그는 어쩔 줄 몰라 했고, 어린 무용수들은 더욱 간절하게 졸라 댔다.

메그 역시 입이 근질근질했던 참이라, 문을 쳐다보며 자기가 들은 말을 털어놓기 시작했다.

"그건 말이야. 그러니까…… 극장 안에 혼자 앉아서 오페라를 감상하는 개인 관람석 때문이야."

"뭐? 유령이 개인 관람석을 갖고 있다는 거야?"

"맙소사, 말도 안 되는 소리 좀 하지 마!"

"그게 어딘데?"

"무대 바로 위쪽 2층의 5번 관람석 말이야. 칸막이로 된 그 박스석이 바로 유령 전용 관람석이야."

"그럴 리가……."

모두들 말도 안 되는 소리라고 몰아붙이자, 조바심이 난 메그가 속삭이듯 말했다.

"쉿, 조용히 좀 해! 그렇게 큰 소리로 말하면 안 돼! 틀림없어. 우리 엄마가 그 좌석을 담당하고 있거든. 한 달이 넘도록 아무도 그 자리에 앉지 않았대. 그리고 매표 사무실에도 그 좌석은 절대로 표를 팔지 말라는 명령이 있었대."

"그럼 유령이 진짜 그 자리에 온단 말이야?"

"그렇다니까. 하지만 유령이 나타나도 아무도 그 모습을 볼 수는 없대."

무용수들은 눈이 휘둥그레져서 서로 얼굴을 쳐다보았다.

"그래도 오페라 공연 도중에 누군가는 봤을 거 아니야?"

그렇지만 유령을 목격했다는 관객이나 배우는 여태껏 아무도 없었다.

메그 지리가 다시 말했다.

"멋진 옷을 입고 있다느니, 얼굴이 어떻다느니 하는 말은 다 허튼소리야. 그 유령은 형체가 없어. 우리 엄마도 유령을 본 적이 없으니까 말이야. 하지만 엄마도 유령 목소리는 몇 번 들어 봤다고 했어. 공연 프로그램 안내지를 가져다주었을 때…….”

“메그! 너 지금 우리를 놀리는 거지?”

소렐리가 메그의 말을 잘랐다.

그러자 메그가 훌쩍거리기 시작했다.

“내가 이런 얘기를 한 걸 엄마가 안다면 난……. 하지만 이건 절대 거짓말이 아니야. 만약에 뷔케 씨가 계속해서 유령 이야기를 하고 다니면, 나쁜 일이 일어날지도 몰라. 어젯밤에 우리 엄마가 그러는데…….”

그때 복도를 황급히 달려오는 발소리가 들리더니, 누군가가 숨이 찬 목소리로 외쳤다.

“잠! 잠! 너 거기에 있니?”

“우리 엄마 목소리야. 도대체 무슨 일이지?”

잠이 깜짝 놀라 문을 열자, 몸집이 크고 당당하게 생긴 잠의 엄마가 분장실 안으로 허겁지겁 뛰어 들어왔다.

“왜 그러세요?”

“조제프 뷔케 씨가…….”

“무슨 일이 있어요?”

“조제프 뷔케 씨가 죽었단다!”

순간 침묵이 흘렀지만, 곧 비명 소리와 수군대는 소리로 분장실 안은 아수라장이 되고 말았다.

"유령 짓이야!"

메그는 무심결에 말을 내뱉고는 얼른 자기 손으로 입을 막았다. 그러자 옆에 있던 소렐리와 방 안에 있던 무용수들 모두가 공포에 사로잡히고 말았다.

소렐리는 백지장처럼 새하얀 얼굴로 나지막하게 중얼거렸다.

"아무래도 송별사 낭독을 하지 못할 것 같아."

조제프 뷔케는 지하 3층 방에서 목을 매고 죽어 있었는데, 그 것을 무대 장치 기사가 발견했다고 했다.

그가 자살을 한 건지, 누군가가 그를 죽인 건지는 밝혀지지 않았다. 경찰에서는 아무리 조사해 보아도 타살의 단서를 발견하지 못했으므로 그가 자살을 했다고 결론지었다.

그런데 무대 장치 기사가 조제프 뷔케의 시체를 발견했을 때 장례 미사곡 같은 노래를 어렴풋이 들었다고 진술하는 바람에 사람들은 더욱 공포에 휩싸였다.

또한 사람들이 목을 매고 죽은 그를 끌어 올리려고 지하로 내려갔는데, 그의 목에 감겨 있던 밧줄이 흔적도 없이 사라져 버렸다고 했다.

아무튼 이 끔찍한 소식은 오페라 극장 전체로 퍼졌다.

소렐리는 겁에 질려 뛰쳐나온 어린 무용수들을 데리고 앞장
서서 연회장으로 향했다.

천상의 목소리

오페라 극장 휴게실을 가득 메운 사람들은 모두 조금 전에 있었던 공연에 감탄하고 있었다. 누가 뭐래도 지금껏 그렇게 훌륭하고 아름다운 공연이 없었기 때문이다.

구노를 비롯하여 레이에, 생상스 등 쟁쟁한 음악가들이 차례로 오케스트라 악장석에 올라가 자신들의 신곡을 지휘했고, 유명한 성악가들이 노래를 불렀다. 거기에다 오페라 극장의 여가수인 크리스틴 다에가 천사 같은 목소리로 관객들을 사로잡았던 것이다.

크리스틴 다에는 '로미오와 줄리엣'의 몇 대목을 기가 막히게 부른 데다가 '파우스트'의 마지막 장면은 분위기를 최고조에 이르게 했다. 이에 관객들은 환호하면서 우레와 같은 박수를 보냈다.

크리스틴 다에는 청순한 아름다움과 천사 같은 많은 음색으로 관객을 사로잡았는데, 사실 그날 그녀가 오페라 '파우스트'의 노래를 부르게 된 것은 마르게리트(그레트헨) 역을 맡은 오페라 극장 최고의 여가수 카를로타가 갑작스럽게 몸이 아팠기 때문이다.

카를로타를 대신해서 무대에 올라 새로운 마르게리트가 된 크리스틴이 '파우스트'의 감옥 장면을 노래할 때는 그야말로 천상의 목소리가 울려 퍼지는 듯했다.

그런데 그녀 역시도 관객들의 뜨거운 환호에 감격한 나머지 거의 정신을 잃을 정도가 되어, 주위 동료들에게 부축을 받아야만 했다.

"저토록 대단한 실력을 갖췄는데, 왜 지금까지 그늘에 가려져 있었을까?"

카를로타가 늘 호화로운 배역이나 주역을 맡아 온 것에 비해 크리스틴은 그저 평범한 역만 맡아 왔기 때문에, 열성적인 관객들은 크리스틴 다에에 관해 많은 것을 알고 싶어 했다.

"크리스틴 다에는 누구한테 배운 거야?"

관객들은 크리스틴을 가르친 선생이 누구인지도 몹시 궁금해 했다. 하지만 돌아온 대답은 '그녀는 모든 것을 스스로 터득했다'는 이해하기 힘든 대답뿐이었다.

객석에 앉아 있던 필립 드 샤니 백작도 자리에서 일어나 크리스틴 다에를 향해 박수를 보냈다.

명망 있는 귀족 가문 출신인 필립 백작은 비교적 젊은 데다 품위를 지닌 사람이었다. 게다가 엄청난 유산을 물려받아서 재산도 많았다.

그에게는 결혼한 두 누이동생과 남동생이 있었다. 지금 백작의 옆에 서 있는 미소년 같은 스물한 살의 청년이 바로 백작의 남동생인 라울 샤니 자작이었다.

필립 백작은 라울이 어렸을 때 부모님이 세상을 떠나자, 어린 동생을 잘 키우기 위해 최선을 다했다. 그 덕분에 라울은 해군 사관 학교에 지원하여 우수한 성적으로 졸업했고, 해군 장교로 복무하고 있었다. 그러던 중에 북극 탐험 원정대원들의 소식이 끊겨 생사 여부를 알 수 없게 되자, 그것을 조사하러 떠날 참이었다.

그런 라울이 출발에 앞서 휴가를 나왔다가, 형과 함께 유명한 오페라 극장을 찾은 것이었다.

크리스틴에게 기립 박수를 치던 필립 백작이 동생을 돌아다보았다. 그런데 꿈꾸는 듯한 표정으로 무대를 바라보던 라울의 얼굴이 갑자기 창백해지는 것이었다.

"왜 그러니? 어디 아파?"

"크리스틴 다에가 기절한 것 같아요! 형, 함께 가 봐요. 노래를 저렇게 잘하는 가수는 처음 보았는걸요."

무대에서는 라울의 말대로 크리스틴이 관객들의 열렬한 환호에 감격한 나머지 기절을 하여 막 업혀 나가고 있었다. 하지만 필립 백작은 크리스틴의 기절보다도 안절부절못하는 동생의 태도에 더욱 놀랐다.

어디든 동생을 데리고 다니는 필립 백작은 동생과 함께 무대 앞으로 나갔다.

공연 중간이어서 무대 위는 소란스럽기 그지없었다. 무대에서는 몇몇 신사들과 합창단 아가씨들이 웅성대고 있었고, 그런 가운데 무대 장치 담당자가 망치질을 하며 무대 장치를 바꾸기 시작했기 때문이다.

하지만 라울은 망설이지 않고 그 틈을 헤치며 나아갔다. 그는 정신없는 상황 속에서도 자신의 마음을 송두리째 빼앗은 목소리의 주인공을 직접 만나 보려는 생각뿐이었다.

라울은 어릴 적부터 크리스틴을 알고 있었다. 그래서 오페라 극장의 무대에서 노래를 부르는 그녀를 보았을 때 얼마나 놀랐는지 모른다.

라울은 그녀를 사랑했지만, 라울 드 샤니 자작 가문에서는 그녀를 받아들이지 않을 게 뻔했다. 그래도 라울은 크리스틴을 보는 것만으로도 한없이 행복해 했다.

라울은 무대 뒤편으로 빠져나가는 복도로 들어서서 급히 걸었다. 그 뒤를 필립 백작이 따랐다.

크리스틴은 자기 분장실로 옮겨져 있었는데, 그곳은 그녀에게 환호를 보내는 사람들로 가득 차 발 디딜 틈조차 없었다. 하지만 그녀는 아직 정신을 차리지 못한 상태였다.

잠시 뒤 오페라 극장의 주치의가 도착하자, 라울이 크리스틴을 부축하며 침착하게 말했다.

"의사 선생님, 여기 계신 신사분들을 밖으로 내보내는 것이 어떻겠습니까? 환자를 좀 쉬게 해야겠지요?"

"당신 말이 맞습니다."

의사는 라울의 말에 맞장구를 치며 고개를 끄덕였고, 라울과 하녀 한 사람만 남기고 사람들을 모두 방에서 내보냈다.

하녀는 느닷없이 나타나서 환자를 부축하고 있는 낯선 남자를 놀란 눈으로 바라보았다. 그러나 너무도 당당한 남자의 태도에 감히 누구냐고 물을 엄두도 내지 못했다.

필립 백작도 다른 사람들과 함께 복도로 밀려났다.

잠시 뒤, 크리스틴이 정신을 차렸는지 가늘게 눈을 떴다.

그녀는 고개를 돌려 의사를 보고 미소를 짓고 나서 라울을 바라보며 물었다.

"실례지만……, 당신은 누구신가요?"

라울은 정중하게 한쪽 무릎을 꿇고 크리스틴의 손등에 입을 맞추며 대답했다.

"저는 당신의 스카프를 건지기 위해 바다에 뛰어들었던 그 어린 소년입니다. 생각나십니까?"

크리스틴은 기억나지 않는 듯 고개를 갸우뚱거리며 의사와 하녀를 쳐다보았다.

서로의 얼굴을 번갈아 보던 세 사람은 모두 웃음을 터뜨렸고, 뜻밖의 반응에 라울의 얼굴이 발갛게 달아올랐다.

"당신이 저를 알아보지 못하니, 개인적으로 조용히 이야기를 나누고 싶습니다. 아주 중요한 이야기입니다."

"제 몸이 좀 나아진 뒤에 하면 안 될까요?"

크리스틴은 혼자 있게 해 달라고 부탁했다.

하는 수 없이 라울은 의사와 함께 밖으로 나왔다. 하지만 라울은 그냥 돌아갈 수가 없었다. 의사가 가고 홀로 복도에 남겨진 그는 크리스틴이 나오기만을 기다렸다. 그녀에게 자신의 사랑을 고백하고 싶었기 때문이다.

잠시 뒤, 문이 열리고 하녀가 나왔다. 라울이 크리스틴은 좀

어떠냐고 묻자, 하녀는 그녀가 괜찮아지기는 했지만 혼자 있고 싶어 하니 방해하지 말라고 냉랭한 어조로 말했다.

자신이 크리스틴에게 개인적으로 이야기를 나누고 싶다고 했기 때문에, 라울은 크리스틴이 자기를 만나기 위해 혼자 있고 싶다고 말한 것이라고 생각했다.

라울은 문 쪽으로 다가갔다. 그런데 분장실 안에서 웬 남자의 목소리가 새어 나오는 바람에, 라울은 이내 손을 떨어뜨리고 말았다.

라울은 혹시 자기가 잘못 들은 건가 싶어 문에 귀를 바짝 들이댔다. 하지만 그것은 환청이 아니었다.

"크리스틴, 당신은 나를 사랑하오?"

그것은 무척이나 권위 있는 남자의 목소리였다.

그의 말에 크리스틴이 가라앉은 목소리로 대답했다.

"물론이지요. 그래서 오늘도 오직 당신을 위해 노래를 불렀잖아요."

순간, 라울의 심장은 미친 듯이 뛰기 시작했다.

다시 남자의 목소리가 들렸다.

"많이 피곤하오?"

"오늘 밤, 저는 당신에게 영혼을 바쳤어요. 지금 저는 죽은 것과 다름없어요."

"오, 크리스틴! 당신의 영혼은 참으로 아름답소. 고맙소. 그 어떤 대단한 왕이라도 그렇게 귀한 선물을 받진 못했을 거요. 오늘 밤에는 하늘의 천사들도 눈물을 흘렸을 것이오."

그리고 더는 아무 말도 들려오지 않았다.

라울은 자리를 뜰 수가 없었다. 질투심에 휩싸인 라울은 그 남자가 누구인지 보고 싶어, 그가 나올 때까지 기다리기로 결심했다. 라울은 어두운 복도 구석에 몸을 감췄다.

잠시 뒤 문이 열렸고, 크리스틴이 밖으로 나왔다. 그러나 크리스틴은 라울이 복도에 있는 것을 모른 채 지나갔다.

라울은 크리스틴이 걸어가는 뒷모습에는 눈길도 주지 않고 계속해서 문을 노려보았다. 하지만 문은 다시 열리지 않았다.

라울은 더 이상 참지 못하고, 크리스틴의 분장실 안으로 들어갔다. 그러나 방 안은 칠흑 같은 어둠뿐이었다.

"여기에 있는 거 다 알고 있다. 숨지 말고 어서 나와!"

라울은 떨리는 목소리로 외치면서 문을 지켰다. 그렇지만 들리는 것은 긴장해서 내뱉는 자신의 숨소리뿐이었다.

"내가 여기 있는 한, 이 방에서 한 발짝도 나갈 수 없어! 이 방에서 절대 못 나간다! 어서 떳떳하게 모습을 드러내시오!"

라울은 성냥불을 켜서 가스등에 불을 붙였다. 방 안이 희미하게 밝아지기 시작했다.

그러나 분장실 안에서는 아무도 보이지 않았다.

그는 문을 걸어 잠그고 램프에 차례차례 불을 붙인 다음 방 안 구석구석을 살펴보았다. 그러나 어디에도 사람의 그림자는 보이지 않았다. 옷장 문도 열어 봤지만 마찬가지였다.

라울은 아무도 없는 텅 빈 방에서 힘없이 중얼거렸다.

"지금 내가 어떻게 된 건가?"

라울이 힘없이 분장실 문을 열고 나오자, 얼음장처럼 차가운 공기가 얼굴을 스쳐 지나갔다.

'뭐가 지나갔는데?'

그러나 눈에는 아무것도 보이지 않았다.

라울은 무작정 걷기 시작했다. 아무 생각 없이 걷다가 문득 정신을 차리고 보니, 자신이 층계 앞에 서 있는 것이었다.

저 멀리서 일꾼 몇 명이 하얀 천으로 덮은 무언가를 들것으로 실어 나르는 게 보였다.

라울은 그들에게 다가가서 물었다.

"출구가 어느 쪽에 있습니까?"

"앞으로 곧장 가시오. 그리고 길 좀 비켜 주시오!"

라울은 들것을 덮은 하얀 천을 가리키며 물었다.

"고맙습니다. 그런데 그게 뭡니까?"

"조제프 뷔케 씨요. 지하 3층에서 목을 매달아 죽었소."

라울은 모자를 벗어 들고 일꾼들이 지나갈 수 있도록 길을 비
켜 주었다.

2층 5번 관람석

그 사이에 연회장에서는 총감독들의 퇴임식이 열리고 있었다. 드비엔과 폴리니가 총감독직을 사임하고 떠나게 되어, 이를 기념하기 위해 유명한 예술가들이 모인 자리였다.

소렐리는 준비한 송별사를 낮게 중얼거리면서, 그날의 주인공들이 도착하기를 기다렸다. 그러나 무용수들은 나이에 상관없이 모두 모여, 그날 있었던 사건을 이야기하느라 정신이 없었다.

열다섯 살인 잠은 유령이라든가 조제프 뷔케의 죽음 따위는 까맣게 잊은 채 조잘거리다가 소렐리에게 주의를 받기도 했다.

무척이나 홀가분해 보이는 드비엔과 폴리니가 마침내 연회장에 등장했고, 소렐리는 기다렸다는 듯 송별사를 낭독하기 시작했다. 두 사람은 흐뭇한 미소를 지으며 소렐리를 바라보았다.

바로 그 순간, 조금 전까지만 해도 장난을 치고 있던 어린 무용수 잠이 미친 듯이 소리를 질렀다.

"유령이다! 오페라의 유령이다!"

잠은 잔뜩 공포에 질린 채, 정장을 한 신사들 사이에 있는 한 사람을 가리켰다. 흉측하고 해골 같은 얼굴을 한 사람이 그 틈에 끼여 있었던 것이다.

"저것 보세요! 바로 그 유령이라고요!"

잠이 계속 외쳐 댔다.

사람들이 동요하기 시작했고, 술렁거리는 사이에 정체 모를 신사는 흔적도 없이 사라져 버렸다.

드비엔과 폴리니는 잔뜩 흥분해 있는 잠을 진정시키느라고 진땀을 뺐다. 그러고는 송별사를 읽지 못해 화가 나 있는 소렐리를 포옹해 준 다음 연회장을 빠져나와 서둘러 위층으로 올라갔다.

위층에 있는 성악 공연장에는 두 사람의 개인적인 친구들이 그동안의 노고를 치하하기 위해 자리를 마련해 놓고 있었다. 총감독으로 새로 부임하는 몽샤르맹과 리샤르가 참석하기로 했고, 그 두 사람의 친구들도 축하하러 온다고 하여 다 같이 인사를 나누면서 파티를 열 예정이었다.

잘 아는 사이는 아니었지만, 두 퇴임 감독과 두 신임 감독이 서로를 격려하고 칭찬하는 화기애애한 분위기 속에서 파티가 진행되었다.

퇴임 감독들은 두 신임 총감독에게 오페라 극장의 모든 문을 열 수 있는 만능열쇠와 그 밖의 열쇠 꾸러미를 넘겨 주었다. 그런데 열쇠를 넘겨 주던 두 감독의 시선이 갑자기 굳어 버렸다.

사람들은 무슨 일인가 싶어 그들의 시선을 따라갔다. 그런데 식탁 맨 끝 좌석에 낯선 사람이 앉아 있는 것이었다.

창백한 안색으로 자리에 앉아 있는 그는 연회장에 나타났다가 잠이 '오페라의 유령'이라고 소리치자 사라져 버린 바로 그 신사였다.

'아니, 저 사람이 또 나타났네!'

그 신사는 여느 손님들처럼 태연스럽게 앉아 있었지만, 음식이나 술은 먹지도 마시지도 않았다. 게다가 아무도 그가 언제부터 그곳에 와 있었는지 알지 못했다.

사람들은 어린 무용수 잠처럼 소리도 지르지 못하고 그를 애써 외면했다. 그를 본 사람들은 얼굴에서 웃음기가 싹 가셨으며, 모두들 그저 다른 쪽으로 고개를 돌릴 뿐이었다.

리샤르와 몽샤르맹의 친구들은 그가 전임 감독들의 초대 손님일 거라고 생각했고, 드비엔과 폴리니의 친구들은 그가 신임 감독들이 초대한 사람일 거라고 막연하게 추측했다. 그래서 사람들은 저승에서 온 사자 같은 모습을 한 그에게 '누구냐'고 묻지도 않고 내버려 두었던 것이다.

그런데 해골 모습으로 앉아 있던 그 신사가 갑자기 식탁 중앙에 앉아 있는 드비엔과 폴리니에게 말을 건넸다.

"어린 무용수들이 떠드는 것처럼, 뷔케 씨의 죽음은 단순한 것이 아닙니다."

"뭐, 뭐요? 뷔케 씨가 죽었다고요?"

두 퇴임 감독이 깜짝 놀라며 동시에 소리쳤고, 파티장은 순식간에 찬물을 끼얹은 듯 썰렁해졌다.

"그렇소. 오늘 저녁, 지하 3층에서 목을 매단 채로 발견되었소."

두 감독은 자리에서 벌떡 일어나 해골 모습의 신사를 쏘아보았다. 그러나 두 사람의 얼굴은 너무나 당황한 나머지 백지장처럼 하얗게 변해 있었다.

잠시 뒤에 그들은 손님들에게 양해를 구한 다음 신임 감독들을 데리고 총감독 사무실로 들어갔다.

한참 동안 계속되던 어색한 침묵을 깨고 폴리니가 입을 열었다.

"조제프 뷔케 씨가 죽었다고 말한 사람을 압니까?"

"전혀 모릅니다."

그러자 퇴임 감독인 드비엔과 폴리니의 얼굴에는 혼란스러워하는 기색이 역력히 떠올랐다.

퇴임 감독들은 신임 감독들에게 조금 전에 넘겨준 만능열쇠를 달라고 하더니, 그것을 찬찬히 살펴보며 말했다.

"아무래도 새 자물쇠로 바꾸는 것이 좋겠습니다."

"왜요? 극장 안에 좀도둑이라도 있습니까?"

"좀도둑보다 더 나쁜 자가 있소."

"나쁜 자라니요? 그게 누군가요?"

"유령이 나타납니다. 오페라의 유령이지요."

신임 감독들은 어이가 없다는 듯 웃음을 터뜨렸다. 두 사람은 파티를 더욱 재미있게 마무리하려고 퇴임 감독들이 장난을 치는 거라고 생각했다.

"농담이 아닙니다. 우리는 오페라의 유령에게서 정식으로 명령을 받았습니다. 그래서 어쩔 수 없이 말씀드리는 겁니다."

"명령이라니요? 어떤……?"

"오페라의 유령이 자신의 요구 사항을 들어 달라고 했습니다."

"유령이 요구를 했다고요?"

"네. 만약 요구 사항을 들어주지 않으면 불행한 사건과 나쁜 일이 꼬리를 물고 일어날 거라고 했습니다. 그리고 조제프 뷔케 씨 사건으로 그 증거를 보여 준 것 같습니다."

신임 감독들은 기가 막혀 또다시 웃음을 터뜨렸다.

"그래요? 도대체 그게 무엇인지 들어나 봅시다."

폴리니는 어이없어 하는 신임 감독들을 바라보더니, 오페라 극장의 총감독들이 지켜야 할 규정이 적힌 규정집을 들고 왔다.

거기에는 모두 98개 조항이 있었는데, 그 조항을 어길 시에는 감독의 특권이 박탈될 수 있다고 적혀 있었다. 그리고 그 밑에는 붉은 글씨로 쓴 한 가지 조항이 더 붙어 있었다.

'감독은 매달 2만 프랑을 오페라의 유령에게 지급해야 한다.'

신임 감독 리샤르가 규정집을 살펴보더니 침착한 표정으로 물었다.

"이게 전부인가요? 다른 것은 요구하지 않았나요?"

그러자 폴리니는 매우 당황한 표정으로 계속 서류를 넘기며 대답했다.

"아니요, 또 있소. 공연이 있을 때마다 2층 5번 관람석은 오페라의 유령을 위해 남겨 두어야 합니다."

이 말이 떨어지기 무섭게, 심각한 표정으로 이야기를 듣고 있던 리샤르가 갑자기 자리에서 벌떡 일어났다. 그러더니 다소 과장된 목소리로 말했다.

"재미있는 농담을 해 주셔서 참으로 고맙습니다. 왜 두 분이 사임하시는지 알 것 같네요."

그러나 그 말에도 폴리니는 굳은 표정을 풀지 않고 말했다.

"일 년에 24만 프랑이 어디 작은 돈입니까? 더욱이 유령을 위해 2층 5번 관람석을 비워 두면 그 손해가 얼만데요! 게다가 우리가 유령의 명령을 듣고 살아야 합니까? 그러느니 차라리 그만두는 것이 마음 편하지요."

드비엔도 정색을 하며 폴리니의 말에 맞장구를 쳤다.

"맞아요. 2층 5번 관람석을 빼앗긴다는 게 어떤 의미인지 생각해 본 적 있소? 우린 그 자리를 한 번도 판매한 적이 없어요. 아니, 판매할 수가 없었지. 하지만 유령을 위해 일하고 싶은 마음은 조금도 없소. 그래서 차라리 이곳을 떠나는 게 속 편하다고 생각했소."

그러자 리샤르가 두 사람을 바라보며 계속 비아냥거렸다.

"두 분은 유령과 사이가 좋았던 것 같네요. 저 같으면 당장 그놈을 체포하도록 조치를 했을 텐데……."

리샤르의 말에 폴리니와 드비엔이 번갈아 가며 대답했다.

"그를 본 적도 없는데, 어디서 체포합니까?"

"지정 관람석에 나타날 것 아닙니까?"

"하지만 그 지정석에서도 아직 본 사람이 없어서……."

"그러면 2층 5번 관람석을 팔아 버리지 그러셨습니까?"

"유령의 관람석을 판다고요? 글쎄, 어디 한번 그렇게 해 보시지요. 무슨 일이 일어나는지……."

그러자 리샤르가 마침내 분통을 터뜨렸다.

"정말 그런 사기꾼 같은 유령과 일을 하느니 차라리 퇴직하는 게 낫겠군요!"

퇴임 감독들은 말을 마친 다음 더는 할 말이 없다는 듯 사무실에서 나갔고, 리샤르와 몽샤르맹은 그들이 나간 다음 배꼽이 빠질 정도로 웃어 댔다.

하루 이틀이 지나자, 신임 감독들은 업무 파악을 하느라 경황이 없어 유령에 관한 이야기는 까마득히 잊어버렸다.

유령의 편지

오페라 극장을 맡고서 얼마 지나지 않은 아침, 리샤르는 11시쯤 출근하여 하루 일과를 확인하고 있었다.

"편지 왔습니다."

리샤르는 비서인 레미에게 편지 대여섯 통을 전해 받았다. 그 중 하나에 리샤르의 눈이 멈췄다. 편지 봉투에 쓰인 붉은 글씨가 낯익었기 때문이다.

'반드시 본인이 열어 볼 것.'

"도대체 이걸 누가 보낸 거지?"

곰곰이 생각하던 리샤르는 규정집에 적혀 있던 글씨체를 떠올리며 편지 봉투를 뜯었다.

친애하는 오페라 극장 감독께

매우 바쁘실 텐데 이렇게 귀찮게 해서 미안하오. 오페라 극장의 모든 업무를 잘 처리하고 있는 것 같소이다. 그런데 몇 가지 당부할 말이 있어 이렇게 편지를 보냅니다.

먼저, 크리스틴 다에 양을 과소평가하지 마시오. 그녀에게는 카를로타 양보다 훨씬 더 많은 재능이 있소. 그렇다고 해서 크리스틴 다에 양을 특별 대우하라는 말은 아니오. 다만, 그녀의 재능을 인정하고 공정하게 기회를 주었으면 좋겠소.

그리고 정중하게 부탁하겠소. 오늘은 물론, 앞으로도 내 관람석을 절대로 팔지 마시오. 내 관람석을 팔라고 지시했다는 소식을 듣고, 몹시 불쾌했소.

전임자들의 말에 따르면, 당신들도 규정집에 쓰인 내용을 다 알고 있다고 하더군요. 그러면서도 그런 행동을 하는 건 나를 완전히 무시하는 처사라 생각하오.

조용하고 평화롭게 살고 싶다면, 내 개인 관람석을 팔아버리는 일을 그만두는 게 좋을 것이오.

부탁드리겠소. 부디 내 작은 부탁을 거절하지 마시오.

감독직을 맡은 뒤 유령 일을 까맣게 잊고 있던 리샤르는 편지를 읽고 나서 황당해 했다.

그때, 문이 열리더니 몽샤르맹이 같은 내용의 편지를 들고 사무실로 황급히 들어왔다.

그들은 서로의 얼굴을 쳐다보며 웃음을 터뜨렸다.

"이 양반들이 아직도 장난을 계속하고 있군그래. 이제 더는 재미없는데."

"그러게 말이야."

"그들이 정말 원하는 게 뭘까? 자기네들이 이전 감독이었으니까 지정 좌석 하나쯤은 정해 달라는 건가?"

"나도 모르지. 아무튼 오늘 공연에서는 2층 5번 관람석을 그들에게 내주도록 하지."

신임 총감독들은 드비엔과 폴리니가 그런 어린애 같은 장난을 좋아한다는 것을 한심하게 생각하면서도, 아직 2층 5번 관람석의 표가 팔리지 않았기 때문에 곧 그들 앞으로 예약해 두라고 지시했다.

공교롭게도 오페라의 유령이 보낸 편지에 퇴임 감독 중 한 사람이 사는 곳의 우체국 소인이 찍혀 있었기 때문에, 신임 감독

들은 더더욱 그렇게 생각할 수밖에 없었던 것이다.

리샤르는 복도에서 기다리고 있는 가수들을 차례대로 면담을 하는가 하면, 계약을 새롭게 맺느라고 눈코 뜰 새 없이 바쁘게 보내느라 그날 2층 5번 관람석에 누가 와 있었는지조차 알지 못하고 지나갔다.

다음 날 아침, 신임 총감독들은 오페라의 유령에게서 감사 카드를 받았다.

> 총감독 귀하
> 고맙소. 아주 멋진 저녁이었소.
> 크리스틴 다에의 노래는 정말 우아하고 훌륭했지만,
> 화려한 카를로타는 성능 좋은 악기에 지나지 않았소.
> 곧 내 월 배당금 2만 프랑에 관해 편지를 보내겠소.
> 그럼 이만.
> — 오페라의 유령

전임 감독들이었던 드비엔과 폴리니에게서도 편지가 왔다.

> 친절하게 배려해 주어 고맙습니다.
> 그러나 우리가 2층 5번 관람석에 앉을 권리가 없다는 걸,

당신들도 곧 알게 될 것입니다.

전에 말씀드렸던 것처럼, 그 자리는 오페라의 유령 자리이기 때문입니다.

부디 그 사실을 잊지 마시기 바랍니다.

리샤르는 편지를 읽고 나서 구겨 버리며 말했다.

"아니, 이 사람들 장난이 너무 지나친 것 아냐! 정말 해도 해도 너무하는군!"

리샤르와 몽샤르맹은 몹시 짜증을 내면서 그날 저녁에 2층 5번 관람석을 개방했고, 그 자리는 한 관람객에게 팔렸다.

다음 날 아침, 사무실로 출근한 리샤르와 몽샤르맹은 간밤에 2층 5번 관람석에서 있었던 소동에 관한 경비원의 보고서를 읽었다.

'어제 공연 중에 있었던 일을 보고 드립니다.

2층 5번 관람석에 앉은 관객들이 시끄럽게 떠들고 웃어서 다른 사람들의 관람을 방해한 탓에 '제발 조용히 하게 해 달라'는 항의를 들었습니다.

여자 안내원이 가서 자제해 달라고 요구했고 저도 가서 주의를 주었는데도 아무 소용이 없기에, '한 번만 더 시끄럽게 하면 강제로 쫓아내겠다'고 경고를 했습니다.

　그런데도, 그들은 제정신이 아닌 듯 계속 웃고 떠들었습니다. 관객들이 더는 참지 못하고 거세게 항의하는 바람에, 할 수 없이 경찰의 도움을 받아 그들을 강제로 좌석에서 쫓아 냈습니다.

　그런데 그들이 환불해 주지 않으면 돌아가지 않겠다고 고집을 피워서 할 수 없이 다시 좌석으로 들여보냈습니다. 그런데 또 웃음소리가 커져서, 이번에는 단호하게 좌석에서 내쫓았습니다.'

　"경비원을 불러오시오."

　흥분한 리샤르의 말에, 젊고 건강한 체격에 멋진 콧수염을 기른 비서가 즉시 경비원을 데려왔다.

　"도대체 어젯밤 2층 5번 관람석에서 무슨 일이 있었던 겁니까? 상세하게 설명해 보세요."

　"그 사람들은 관람석에 들어가자마자 돌아 나와서 좌석 관리인을 찾았고, 곧 여자 안내원이 달려갔다고 합니다. 그런데 그들의 말이, 자기들이 5번 관람석에 앉으려고 하자 '여기는 벌써 예약이 되어 있소.'라고 말하는 목소리가 들렸다고 하더래요."

　리샤르가 몹시 일그러진 표정으로 경비원에게 물었다.

“그들이 그 좌석에 앉아 있는 사람을 보았다는 거요?”

“아니요. 거기엔 아무도 없었고, 목소리만 들었다고 우기는 거예요.”

“그래서 어떻게 했나요?”

“일단 안으로 다시 들어가게 했죠. 그런데 공연이 시작한 뒤에 그들이 또 소리치기 시작했습니다.”

“정말 안에는 아무도 없었나요?”

리샤르가 고함치듯 물었다.

“아무도 없었어요! 맹세코 아무도 없었습니다. 누가 장난친 게 틀림없어요.”

“그 여자 안내원은 뭐라고 하던가요?”

“아, 그 여자 안내원은 이상한 소릴 하더군요. 그게……, ‘오페라의 유령’ 짓이라고 하더라고요.”

경비원은 쓸데없는 소리라는 듯이 웃었지만, ‘오페라의 유령’이라는 말이 나오자 리샤르의 얼굴이 붉으락푸르락해졌다.

“여자 안내인을 불러와요!”

리샤르는 비서에게 소리를 지른 다음 몹시 짜증을 내며 경비원에게 다시 물었다.

“도대체 오페라의 유령이 누구요? 본 적이 있소? 오페라의 유령 말이오.”

경비원은 어찌할 바를 몰라서 쩔쩔매며 아무 말도 하지 못했다.

잠시 뒤 비서가 여자 안내원을 데리고 왔다. 여자 안내원은 상당히 오래 입은 듯한 옷에 다 낡아 빠진 코트를 입고, 헌 구두를 신었으며, 유행이 지난 모자를 쓴 부인이었다.

"이름은?"

"지리 부인이라고 합니다. 무용하는 메그의 어머니이죠."

사실, 지리 부인은 오페라 극장의 안내원이라는 것에 대단한 자부심을 갖고 있었기 때문에 거만하게 보일 만큼 당당했다.

리샤르는 다소 투박하지만 너무나도 당당한 지리 부인의 태도에 다소 놀란 것 같았다.

감독들은 지리 부인에게 간밤에 일어난 일에 관해 물었다.

"어제 저녁에 2층 5번 관람석에서……."

"아, 예! 그 일은 사람들이 유령을 귀찮게 굴었기 때문에 일어난 것이지요."

"유령이라니?"

리샤르가 불같이 화를 내자, 몽샤르맹이 나서서 대신 질문을 했다.

"알아들을 수 있도록 차근차근 말해 보세요."

"유령 말고 누가 그런 목소리를 낼 수 있겠어요? 2층 5번 관람석에서 유령을 눈으로 직접 본 사람은 없지만, 목소리를 들은 사람은 있거든요.”

“지금 무슨 말을 하는 거요?”

“제 말을 믿지 못하시겠다면, 전 감독님들이신 드비엔 씨나 폴리니 씨에게 알아보세요.”

대답을 한 지리 부인은, 오페라의 유령이 다리를 부러뜨렸다는 이지도르 샤크 씨에게 이야기를 들어 보는 것도 좋을 것이라고 덧붙였다.

“정말로 이지도르 샤크 씨의 다리를 유령이 부러뜨렸소?”

몽샤르맹이 어이없다는 듯이 웃으면서 물었다.

지리 부인은 아직까지도 그런 얘기를 듣지 못한 것이 딱하다는 듯한 표정을 지으며 설명하기 시작했다.

“드비엔 씨와 폴리니 씨가 총감독으로 있을 때 ‘파우스트’를 공연한 적이 있었는데, 그날 2층 5번 관람석에서 사건이 일어났어요.

2층 5번 관람석에는 보석상인 마니에라 씨와 부인이 앉아 있었고, 바로 그 뒤에 이지도르 샤크 씨가 있었어요. 무대에서는 메피스토펠레스가 ‘잠자는 척하는 그대’라는 노래를 열창하고 있었지요.

그런데 그때 마니에라 씨 왼쪽 귀에 ‘쥘리는 잠자는 척하지 않는데.’라고 하는 목소리가 들리더라는 거예요. 마니에라 씨는 누가 자기 귀에 대고 말했는지 궁금해서 고개를 돌렸지만 아무도 없었지요. 노래가 계속 이어지면서 이번에는 '왜 여인의 간곡한 키스를 외면하시나요?'라고 하는 가사가 나왔는데, 이번엔 마니에라 씨의 오른쪽 귀에서 이상한 목소리가 들리더래요. '이지도르의 키스를 거부할 쥘리가 아니야.'라고 하는 소리가요.

마니에라 씨는 깜짝 놀라서 자기 아내인 쥘리 부인이 있는 쪽을 살펴보았대요. 그랬더니 이지도르가 쥘리 부인의 장갑 낀 손을 붙잡고 마구 키스를 퍼붓고 있더란 거예요.

그 모습을 보고 마니에라 씨가 가만있었겠어요? 그는 눈에 불을 켜고 이지도르 샤크 씨의 따귀를 냅다 갈겼지요. 그러자 관객석이 발칵 뒤집혔고, 이지도르 샤크 씨는 간신히 도망쳤답니다."

"조금 전에 당신은 오페라의 유령이 그 사람 다리를 부러뜨렸다고 했지 않소?"

몽샤르맹이 따지듯이 물었다.

"좀 더 얘기를 들어 보세요. 이지도르 샤크 씨가 급하게 극장 중앙 계단을 내려갈 때, 유령이 다리를 걸어 단번에 다리를 부러뜨려 버렸지요."

"마니에라 씨의 귀에 속삭인 게 정말 유령이었단 말이오?"

"그렇고말고요! 유령이 아니라면 사람이 어떻게 모습을 나타내지 않을 수 있겠어요?"

"그럼 그 이야기를 유령이 당신에게 해 준 겁니까?"

"그건 아니에요. 마니에라 씨가 저에게 해 준 이야기입니다."

"그렇다면 부인은 유령과 직접 이야기를 나눠 본 적이 있소?"

"물론이죠. 지금 당신들과 얘기하듯이……."

"유령이 부인에게 뭐라고 하던가요?"

"발판을 갖다 달라고 했어요."

리샤르와 몽샤르맹, 그리고 비서까지 동시에 웃음을 터뜨렸다. 그러자 지리 부인은 화가 났는지 잔뜩 얼굴이 일그러졌다.

"그렇게 웃지 마세요! 폴리니 씨처럼 알아서 대접해 주는 것이 좋을 거예요."

지리 부인이 비웃는 듯한 표정으로 말하자 몽샤르맹이 물었다.

"알아서 대접하라니요? 누구한테 말입니까?"

"그야 물론 유령이지요. 제 이야기를 들어 보세요.

'유대인 여자'를 공연할 때 폴리니 씨는 유령의 지정석인 5번 관람석에 혼자 앉아서 관람하고 있었어요. 제2막 노래가 시작되었을 때, 저는 마침 그 옆의 빈 좌석에 있었고요. 그런데 갑자기 폴리니 씨가 벌떡 일어나더니, 나무 막대기처럼 뻣뻣하게 걸어 나가는 거예요. 그때의 폴리니 씨는 얼굴이 마치 죽은 사람처럼 하얗게 굳어 있었지요.

그 일이 있은 다음부터 아무도 유령의 말을 어기질 못했어요. 더는 그 지정 관람석을 가지고 말썽이 나지 않게 했다는 얘기지요. 폴리니 씨가 그 일을 당한 뒤, 두 전임 감독님은 2층 5번 관람석을 군말 없이 유령에게 제공했으니까요.

그러니 감독님들도 지난번 감독님들처럼 불쾌한 일을 겪지 않으시려면 제 말을 귀담아 들으세요. 2층 5번 관람석은 팔지 않는 게 좋아요.”

“이봐요 부인, 그런 것은 당신이 상관할 바 아니오. 어제저녁에 일어난 일에 관해서나 말해 보시오.”

지리 부인은 무시하는 듯한 리샤르의 말투에 기분이 몹시 상했는지 자리에서 벌떡 일어났다. 그러고는 오만한 목소리로 그들에게 말했다.

“말씀드리지요. 유령이 또다시 화가 난 거랍니다.”

리샤르는 부인의 말투에 몹시 화가 났지만 참으려 애를 썼고, 몽샤르맹이 계속 지리 부인에게 이런저런 질문을 했다.

“발판을 갖다 달라고 했다니, 그건 무슨 소리요?”

“유령이 5번 관람석에서 제게 부탁한 거예요.”

“발판을 부탁했다면, 그 유령은 여자이겠군요?”

“아니에요. 남자예요.”

"그걸 어떻게 아시오?"

"목소리를 들었으니까요. 목소리가 어찌나 부드럽던지, 전혀 무섭지는 않아요. 그는 보통 1막 중간에 오는데, 2층 5번 관람석의 박스로 된 문을 세 번 두드리곤 했어요. 처음에는 발판을 하나 갖다 달라고 하면서, 저를 이렇게 안심시키더군요.

'두려워하지 마오. 나는 오페라의 유령이라오.' 하고 말이에요. 목소리가 얼마나 다정하고 부드럽던지, 목소리를 듣는 순간 두려움이 싹 가시더라고요. 그래서 저는 발판을 가져다주었지요."

"그런데 발판은 왜 갖다 달라고 한 거요?"

"제 생각에 그건 아내를 위해 주문한 것 같았어요. 물론 유령의 아내 역시 보이지 않았고, 목소리도 듣지 못했지만요."

"유령도 아내가 있소?"

"그건 저도 잘 모르지요."

지리 부인은 이렇게 대답하면서, 유령이 얼마나 마음씨가 좋은지에 관해 이야기하기 시작했다.

"그는 제게 팁도 자주 주고, 언젠가 한번은 작은 선물을 준 적도 있어요."

"어떻게 유령이 당신에게 팁을 주고 선물을 준단 말이오?"

참을성 있게 버티던 몽샤르맹이 화를 벌컥 냈다.

"관람석 안에 있는 작은 선반 위에 돈을 놓아두곤 했어요. 제가 가져다준 프로그램 안내지와 함께 놓여 있었지요. 한번은 장미꽃도 떨어져 있었고, 또 한번은 부채를 놔두고 간 적도 있었어요."

"유령이 부채를요? 그래서 그건 어떻게 했소?"

"나중에 돌려주었지요."

이 말까지 들은 몽샤르맹과 리샤르는 틀림없이 지리 부인이 미친 거라고 단정 지으며 말했다.

"지리 부인, 이제 됐어요. 그만 가도 좋소."

그리고 지리 부인이 나가자, 리샤르가 경비원에게 말했다.

"제정신이 아닌 저 여자에게 더는 일을 시키지 마세요!"

그런 다음 두 감독은 누가 먼저랄 것도 없이 2층의 5번 관람석을 둘러보기 위해 사무실을 나섰다.

음악의 천사

크리스틴 다에는 전임 감독들의 퇴임식 날 화려하게 공연을 한 이후, 성공을 계속 이어 나가지 못하고 예전의 생활로 돌아갔다.

그날 공연 이후 크리스틴은 단 한 번의 공연을 했을 뿐이다.

이상하게도 그녀는 모든 초대와 공연 요청을 거절했고, 전에 참석을 약속했던 자선 파티에조차도 나가지 않았다.

그녀는 관객들을 흥분의 도가니로 몰아넣었던 그날의 엄청난 성공을 두려워하는 것 같았다.

"노래를 부르는 순간부터 정신을 차릴 수가 없었습니다."

크리스틴 다에는 그날 저녁 일어난 일에 관해 그렇게만 말했을 뿐이다.

그녀가 그 어디에도 모습을 드러내지 않자, 라울은 속이 타서 제발 한 번만이라도 방문할 수 있게 해 달라고 편지를 써 보냈다. 날마다 가슴을 졸이며 답장을 기다리던 어느 날, 라울은 크리스틴에게서 온 쪽지를 받았다.

라울에게

그 옛날, 제 스카프를 건지려고 바다로 뛰어들었던 어린 소년을 제가 어찌 잊을 수 있겠습니까?

저는 지금 페로로 가는 길이에요. 그곳에 아버지가 생전에 아끼시던 바이올린과 함께 묻혀 계시거든요. 내일이 아버지가 돌아가신 기일이랍니다.

당신도 그분을 기억하겠지요? 아버지는 당신을 무척 좋아하셨어요. 아버지는 그곳 교회 묘지에 묻혀 계신답니다.

어린 시절 우리가 함께 놀았던, 우리가 마지막 작별 인사를 했던 작은 성당 말입니다.

— 크리스틴 다에

라울은 쪽지를 읽자마자 역으로 달려갔다. 하지만 이미 오전 기차가 출발한 뒤여서 저녁나절에야 페로로 가는 기차를 탈 수 있었다.

기차가 멀고 먼 길을 달리는 동안, 라울은 크리스틴이 보낸 쪽지를 읽고 또 읽으며 어린 시절의 즐거웠던 기억을 하나하나 떠올렸다.

라울이 스웨덴 출신의 크리스틴을 만난 것은 아주 오래전의 일이었다.

옛날 웁살라 근처의 작은 마을에 농사를 지으며 하루하루를 성실하게 살아가는 농부가 있었다. 그는 일요일이면 가족과 함께 성당에 가서 미사를 드렸고, 성가대에서 노래를 불렀다.

그의 어린 딸은 글을 배우기도 전에 아버지에게 악보 읽는 법부터 배웠다. 이름이 크리스틴인 그 소녀는 세상에서 가장 훌륭하게 바이올린을 켜는 아버지 곁에서 맑고 부드러운 목소리로 노래를 부르곤 했다. 바이올린 연주 솜씨가 뛰어난 그녀의 아버지는 마을 잔치나 결혼식 때 그 솜씨를 자랑하곤 했다.

그러다가 소녀가 여섯 살 때 어머니가 세상을 떠나고 말았다.

그러자 소녀의 아버지는 얼마 되지 않는 땅을 팔고 웁살라를 떠났다가, 실컷 고생만 하고 다시 웁살라로 돌아왔다.

그는 이 장터 저 장터를 떠돌며 바이올린을 켰다. 물론 어린 딸은 아버지 곁을 한시도 떠나지 않았으며, 아버지가 켜는 음악을 귀담아듣고 흥얼거리면서 성장했다.

그러던 어느 날, 장터에서 부녀의 연주와 노래를 듣고 감탄한 발레리우스 교수가 그들을 데리고 고켄부르크로 갔다.

"아버지는 세계 최고 수준의 바이올리니스트이고, 딸은 성악가로 대성할 자질을 갖추었어."

발레리우스 교수는 이들을 이렇게 평가했다.

크리스틴 다에의 음악 교육과 훈련은 이때부터 본격적으로 시작되었다.

그녀의 재능은 날이 갈수록 발전해 갔고, 그러던 중 발레리우스 교수 부부가 프랑스로 옮겨 가게 되었다. 물론 크리스틴 다에와 그녀의 아버지도 그들과 함께 프랑스로 가서 정착했다. 특히 발레리우스 부인은 크리스틴을 친딸처럼 아꼈다.

그러는 동안 나이가 든 크리스틴의 아버지는 몸이 약해지고 풍토병까지 걸려서 외출도 제대로 할 수 없는 상태가 되었다.

그러나 딸과 함께 있는 날이면 아름다운 바이올린 소리와 노랫소리에 묻혀서 지내곤 했다.

다행히 그해 여름에 건강이 호전되자, 크리스틴의 아버지는 딸과 함께 페로기렉으로 휴양을 떠났다. 그가 그곳 바닷가에서 바이올린을 연주하면, 바다도 잠자코 귀를 기울일 정도였다.

크리스틴의 아버지는 순례제라는 축제 기간 동안, 바이올린을 켜며 딸과 함께 그 옛날에 그랬던 것처럼 마을을 돌아다녔다.

천사 같은 목소리를 지닌 아름다운 딸과 아버지에게 사람들은 박수를 보내면서 돈을 건넸지만 그들은 그것을 받지도 않았고, 편안한 잠자리도 마다한 채 헛간의 짚 더미에서 잠을 자곤 했다.

어느 날, 크리스틴과 아버지는 어느 작은 포구 마을에 다다랐다. 그곳은 온통 푸른 하늘과 바다와 황금빛 모래뿐이었다. 그 모래밭에서 크리스틴이 바다를 보며 노래를 하고 있었다.

그때 마침 푸른 바다를 마주한 황금빛 모래밭으로 산책을 나왔던 소년 라울이 순수하고 달콤한 소녀의 목소리에 마음을 빼앗겨 그들의 뒤를 따랐다.

소년이 넋을 잃고 소녀의 노래를 듣고 있을 때, 갑자기 소녀의 스카프가 바람에 날려 바다 위로 날아가 버렸다.

소녀가 소리를 지르며 팔을 뻗었지만, 스카프는 파도에 밀려 저만치 멀어져 갔다.

바로 그때 소년이 소녀에게 다가가 말했다.

"괜찮아! 내가 스카프를 가져다줄게."

소년은 옷도 벗지 않은 채 바다에 첨벙 뛰어들어 소녀의 스카프를 건져다 주었다.

소년도 스카프도 물에 흠뻑 젖어 있었다. 소녀는 웃으면서 소년에게 감사의 표시로 입을 맞춰 주었다.

그 소년이 바로 라울 드 샤니 자작이었다.

라울은 그즈음 숙모와 함께 라눙에서 지내고 있었는데, 그 사건 이후로 한 계절이 다 가도록 크리스틴과 함께 놀았다.

그들은 날마다 만나며 어른들을 졸라 옛날이야기를 들었고, 함께 바이올린을 배웠다.

해가 바닷속으로 막 넘어갈 무렵이면 크리스틴의 아버지는 두 아이를 데리고 바다가 내려다보이는 언덕에 앉아, 북유럽의 아름답고도 무시무시한 전설을 나지막이 들려주었다. 그럴 때면 으레 "더 해 주세요!" 하는 소리가 뒤따르곤 했다.

라울은 크리스틴 아버지의 이야기를 듣는 동안, 크리스틴의 푸른 눈동자와 눈부신 금발 머리에서 눈을 떼지 않았다. 크리스틴의 아버지도 라울을 매우 아끼고 사랑했다.

크리스틴의 아버지는 틈날 때마다 두 아이에게 '음악의 천사' 이야기를 해 주었다.

"훌륭한 음악가에게는 일생에 적어도 한 번은 음악의 천사가 찾아온단다. 지금껏 어느 누구도 그 천사를 본 적이 없지만, 음악의 운명을 타고난 사람이라면 그의 목소리를 들을 수 있어. 천사는 사람들이 전혀 예상하지 못하는 순간에 찾아오곤 하지. 음악의 천사 목소리를 들은 사람이 악기를 연주하거나 노래를 부르면 최고로 아름답고 황홀한 소리가 난단다. 그 신성한 화음, 하늘에서 내려온 듯한 천사의 목소리를 들은 사람은 그 소리를 평생 잊지 못하는 법이지.”

그러면서 이렇게 천사의 방문을 받은 사람은 그의 포로가 되며, 그 순간부터 악기를 만지거나 노래를 부르려고 입술을 움직일 때마다 인간의 모든 소리가 부끄러워 고개를 숙일 만큼 아름다운 음악을 뽑아낸다는 얘기도 곁들여서 들려줬다.

“저 음악가는 천재적인 재능을 타고났어!”

사람들이 이런 찬사를 보낼 때가 바로 천사의 방문이 이루어진 시기라고 했다. 그러니까 천사의 방문이라는 것을 모르는 사람들이 ‘천재’라는 말을 쓴다는 것이었다.

그 이야기를 듣고 나서 크리스틴이 물었다.

“아버지도 음악의 천사 목소리를 들어 본 적이 있나요?”

아버지는 슬픈 표정을 지으며 고개를 가로저었다.

“아직 듣지 못했단다. 그렇지만 언젠가는 꼭 듣게 될 거야. 크리스틴, 너는 언젠가 음악의 천사 목소리를 듣게 될 거다. 내가 천국에 가면 너에게 그를 보내 줄 테니까.”

가을이 되자 라울과 크리스틴은 헤어졌고, 3년 뒤에 라울과 크리스틴은 다시 한 번 만날 수 있었다.

그때 두 사람은 어엿한 젊은이로 부쩍 자라 있었다. 두 사람은 첫눈에 서로를 알아보았지만, 수줍음 때문에 엉뚱한 이야기만 나누다가 정작 자신들의 진실한 감정을 입 밖으로 드러내지 못했다.

그 사이에 발레리우스 교수가 세상을 떠났기 때문에, 크리스틴과 아버지는 혼자 된 그의 부인을 위로하기 위해 바이올린을 켜고 노래를 부르며 생활하고 있었다.

작별할 때, 크리스틴이 라울의 손등에 입을 맞추며 말했다.

"당신을 절대로 잊지 않겠어요."

그러나 크리스틴은 자신의 신분이 낮아 결코 샤니 자작과 결혼할 수 없다는 것을 잘 알고 있었다. 그녀는 라울이 떠난 뒤로더는 그를 생각하지 않기로 마음먹고 모든 것을 음악에만 쏟아부었다. 그러다 보니 그녀의 실력은 놀랄 만큼 훌륭하게 발전했다.

그런데 그녀의 아버지가 세상을 떠나자, 천상의 목소리라고칭찬받던 크리스틴의 재능도 점차 빛을 잃는 것 같았다.

가까스로 파리 음악원에 들어갔으나 그곳에서도 크게 두각을 드러내지 못했고, 그녀만을 희망으로 여기며 살아가는 발레리우스 부인을 기쁘게 해 주기 위해 가끔 상을 타는 것이 고작이었다.

그러니 라울이 오페라 극장에서 크리스틴을 발견했을 때 기절할 것처럼 놀란 것도 무리는 아니었다. 라울은 그녀의 아름다운 모습은 물론이고, 어린 시절의 추억이 떠올라 가슴이 터질 것만 같았던 것이다.

라울은 음악의 천사를 만난 듯한 크리스틴의 노래를 들은 다음, 더는 그녀를 멀리서 바라보고만 있을 수가 없었다.

그래서 크리스틴이 갑자기 기절했던 날 무대 뒤로 찾아갔었고, 그때 그녀의 분장실 안에서 들려오는 남자의 목소리를 들었던 것이다.

라울은 그 목소리를 떠올리기만 해도 가슴이 찢어질 듯이 아프고 미칠 것만 같았다.

마침내 라울은 페로에 도착했다.

가슴을 두근거리며 낡은 여관으로 들어가자 트리카르 아주머니가 라울을 알아보고 반갑게 맞아 주었다.

그때 문이 열리면서 크리스틴이 들어섰다.

라울이 의자에서 벌떡 일어나 다가가자, 그녀는 놀라는 기색도 전혀 없이 그저 미소만 지어 보일 뿐이었다.

"오셨군요. 누군가가 당신이 올 거라고 나에게 나지막이 말해 주었거든요."

"누가요?"

"돌아가신 아버지께서 속삭이며 알려 준 것 같아요."

"그렇다면 아버님께서 내가 당신을 사랑하고 있다는 말씀도 하시던가요?"

라울의 말을 듣자 크리스틴의 얼굴이 빨개졌다. 그러더니 고개를 돌리며 떨리는 목소리로 말했다.

"우리는 친구 사이잖아요."

크리스틴은 이렇게 말하고는 일부러 크게 웃었다.

"웃음으로 얼버무리려고 하지 마요! 나는 지금 심각하니까……."

"그런 말을 들으려고 당신을 오게 한 건 아니에요."

"내가 당신을 사랑한다는 걸 알지 못했다면, 어떻게 내가 이곳에 오게끔 쪽지로 유도할 생각을 했지요?"

"그냥 우리의 어린 시절을 추억할 수 있을 거란 생각만 했어요. 나도 내 마음을 잘 알 수 없으니까요."

라울은 왠지 크리스틴의 태도가 자연스럽지 않다는 느낌이 들었다.

"그때 분장실로 찾아갔을 때 정말로 나를 기억하지 못했나요?"

"아니요. 당신 형님과 관람석에 앉아 있을 때부터 알아본걸요."

"그런데 분장실에서는 내가 스카프를 건져 준 소년이라고 했
는데도, 왜 나를 모른 척하면서 웃음거리로 만들었지요?"

라울의 말에 크리스틴은 선뜻 대답을 하지 못했다.

"대답을 하지 못하는군요. 그건……, 당신을 괴롭히는 누군
가가 당신 곁에 있기 때문이지 않소? 당신이 다른 남자에게 관
심을 보이는 것을 알면 안 되는 그런 사람이……."

순간, 크리스틴의 얼굴에 당황하는 빛이 스쳐 지나갔다. 그러
나 그녀는 이내 표정을 바꾸며 쌀쌀맞게 말했다.

"그런 꺼림칙한 사람이 있다면, 바로 당신이에요. 그래서 당
신을 밖으로 내몬 거예요."

"아, 나를 쫓아내고 다른 남자랑 있으려고요?"

"다른 남자라뇨? 도대체 무슨 말을 하는 거예요?"

"당신의 분장실에서, 당신이 '오직 그를 위해 노래했다'고 말
했던 바로 그 사람! 당신을 사랑한다는 그 사람!"

그 말을 듣고, 크리스틴이 화들짝 놀랐다.

"문밖에서 엿듣고 있었던 거예요? 또 무슨 말을 들었죠? 당
신은 도대체 무슨 말을 들은 거예요?"

갑자기 크리스틴이 코앞으로 다가오더니, 라울의 팔을 움켜
잡으며 다급하게 물었다.

"다 들었어요. 모든 것을 다 들었다고요. 나 역시 당신을 사랑

하기 때문에······."

그 말을 듣는 순간, 크리스틴은 얼굴이 시체처럼 창백해지더니 곧 쓰러질 것만 같았다.

라울이 자기가 들은 모든 것을 이야기하자, 크리스틴은 멍하니 앞만 바라보고 서 있다가 갑자기 커다란 눈물방울을 떨어뜨리기 시작했다.

그 모습을 보자, 라울은 안타까움에 가슴이 터질 것만 같았다.

다음 날 아침, 라울은 크리스틴이 아버지의 영혼을 위해 미사에 참석한 뒤 무덤에 갔다 왔다는 사실을 전해 들었다. 라울은 즉시 성당을 에워싸고 있는 공동묘지로 달려갔다.

무덤 사이를 외롭게 거닐던 라울의 눈에 화강암 묘석을 가득 뒤덮고 있는 장미 무더기가 들어왔다.

아직 녹지 않은 흰 눈 사이로 붉은 장미꽃이 피어 있다는 사실이 하늘이 내린 기적처럼 여겨졌다.

라울은 묘지를 빠져나와 바다가 내려다보이는 언덕 위로 올라가 앉았다.

어느덧 해가 기울어 수평선 너머로 사라졌고 거세게 불던 바람이 잠잠해졌다.

라울은 추위도 느끼지 못한 채, 크리스틴과 함께했던 옛 추억을 따라서 여기저기 돌아다녔다.

그런데 문득 라울의 온몸에 소름이 끼쳤는데, 사람 모양의 그림자가 소리 없이 나타나 그의 곁에 우두커니 섰기 때문이다. 크리스틴이었다.

한참 뒤에 크리스틴이 천천히 입을 열기 시작했다.

"당신에게 아주 중요한 이야기를 해야겠다고 마음먹었어요. 혹시 '음악의 천사' 이야기를 기억하나요?"

라울이 고개를 끄덕였다.

"물론이지요. 당신 아버지가 바로 이곳에서 그 이야기를 들려주셨잖아요."

"아버지는 지금 천국에 계시지만, 나에게 약속하신 대로 음악의 천사를 보내 주셨어요. 그래서 그 음악의 천사가 저를 찾아왔어요."

라울은 크리스틴이 얼마 전에 오페라 극장에서 화려하게 성공을 거둔 것을, 아버지의 추억에 빗대어 말하는 거라고 생각해서 이렇게 말했다.

"나도 그랬을 거라는 생각을 했소. 그날 저녁에 당신이 불렀던 노래가 인간으로서는 도저히 불가능하다는 생각을 했어요. 어떤 기적이나 하늘의 도움 없이는 그렇게 아름다운 목소리가 나오지 못할 테니까요. 그래요! '음악의 천사'가 찾아온 겁니다."

“그날 이후, 그가 날마다 제 분장실에 와서 저에게 교습을 하고 있어요.”

“어디서요? 당신의 분장실에서요?”

“그래요. 그곳에서 그의 음성을 처음 들었어요. 그런데 그것을 나만 들은 게 아니에요.”

“그럼 또 누가 들었다는 거요?”

“당신도 들었어요.”

“뭐요? 내가 음악의 천사 목소리를 들었다고요?”

“당신이 그날 문밖에서 들은 목소리가 바로 그 음악의 천사 목소리예요. 나를 사랑한다는 그 남자의 목소리 말이에요. 그 목소리를 나 혼자만 든다고 생각했는데, 당신도 들었다고 해서 얼마나 놀랐는지 몰라요.”

크리스틴의 말에 라울이 웃음을 터뜨리며 말했다.

“하하하! 이봐요, 내가 바보인 줄 아시오?”

라울의 반응에 크리스틴은 마음이 몹시 상한 듯했다.

“역시 믿지 않으시는군요. 역시, 당신은 내가 다른 남자와 같이 있었다고 생각하시는군요. 그렇지요? 하지만 당신이 그때 문을 열어 보았다면, 내가 혼자였다는 걸 알았을 거예요.”

“혼자였다는 것은 알아요. 당신이 나간 다음 문을 열고 들어가 봤으니까요.”

“그렇다면 왜 의심을 하나요?”

“크리스틴, 누군가가 당신을 놀리고 있다고밖에 생각이 되지 않으니까요.”

순간, 크리스틴은 고통에 찬 신음 소리를 내뱉더니 마침내 울음을 터뜨리곤 밖으로 달아나 버렸다.

그날 밤 자정이 가까워진 무렵, 라울은 크리스틴이 여관 주인에게 열쇠를 받아 들고서 밖으로 나가는 소리를 들었다.

그는 이층까지 뻗어 있는 나무줄기를 타고 여관 주인 몰래 밖으로 빠져나와 크리스틴의 뒤를 밟았다.

크리스틴은 누가 따라온다는 것을 눈치채지 못한 채 언덕길을 올라갔다. 성당의 종소리가 11시 45분을 알리자, 그녀는 거의 뛰다시피 하며 공동묘지로 향했다.

‘아버지의 무덤에 가서 기도하려나 보군.’

라울의 예상대로 크리스틴은 아버지의 무덤 앞으로 가서 무릎을 꿇고 기도하기 시작했다.

그러다가 자정을 알리는 종소리가 울리자, 그녀가 고개를 번쩍 쳐들었다.

크리스틴은 뭔가에 홀린 듯 밤하늘을 쳐다보며 별들을 향해 두 팔을 쭉 뻗었다. 그때 어디선가 바이올린 소리가 들려왔다.

라울은 깜짝 놀라 주위를 둘러보았다. 묘지엔 두 사람 외에 사람의 모습이라고는 그림자도 보이지 않았다.

'바이올린은 보이지 않는 어떤 존재가 연주한다는 것인가?'

그 곡은 라울과 크리스틴이 어릴 적에 자주 듣던 '나자로의 부활'이라는 곡이었다.

크리스틴의 아버지는 슬프거나 마음이 복받쳐 오를 때 이 곡을 연주하곤 했었다.

'정말 음악의 천사가 크리스틴을 찾아온 것일까?'

라울은 크리스틴 아버지의 무덤이 열리지나 않을까 하는 마음이 들 정도로 조바심이 났다.

순간, 음악이 뚝 그쳤다. 그 바람에 라울도 정신을 퍼뜩 차렸다.

그런데 공동묘지 구석에 널브러져 있는 해골 더미 쪽에서 으스스한 소리가 들려왔다. 마치 해골들이 킬킬거리는 소리처럼 여겨져서 라울은 소름이 확 끼쳤다.

그때 정체를 알 수 없는 그림자 하나가 성당 쪽으로 소리도 없이 미끄러져 갔다.

라울은 재빨리 달려가 그 그림자의 망토 자락을 움켜쥐었다.

그 순간, 그림자가 라울을 홱 돌아다보았다.

"으으, 이건……!"

달빛에 드러난 그림자의 얼굴은 해골이었는데, 그 해골이 이글거리는 눈으로 라울을 노려보았다.

무시무시한 죽음의 그림자가 어려 있는 두 눈을 보고, 라울은 정신을 잃고 말았다.

다음 날 아침, 그는 몸이 꽁꽁 얼어서 죽었는지 살았는지 알 수 없는 상태로 여관에 실려 왔다.

페로 성당의 제단 옆에 쓰러져 있는 그를 누군가가 발견한 것이었다.

저주받은 공연

한편 리샤르와 몽샤르맹은 문제의 2층 5번 관람석을 직접 살펴보기 위해 사무실에서 나와 무대 쪽으로 향했다.

그들은 1층 앞쪽에 있는 로열석에 서서 2층에 있는 5번 관람석을 올려다보았다. 칸막이가 되어 있는 그곳은 붉은 천으로 씌워진 팔걸이 위로 좌석 덮개가 늘어뜨려져 있어 안이 잘 보이지 않았다.

두 감독은 무거운 적막이 감도는 극장의 분위기가 왠지 답답하게 느껴졌지만, 문제가 되고 있는 현장을 보기 위해 2층 5번 관람석의 칸막이 안으로 들어섰다. 그런데 그곳에 들어서는 순간, 분명히 무언가가 있다는 생각이 들었다.

극장 안이 어둠에 싸여 있어 앞이 잘 보이지 않았지만, 검은 형체가 어른거리는 것을 보았던 것이다. 순간, 두 사람은 섬뜩한 기분에 사로잡혀 서로의 손을 꼭 잡았다. 그러나 그 형체는 순식간에 사라져 버렸다.

두 감독은 간신히 정신을 수습하고 황급히 로비로 나가 방금 본 형체에 관해 이야기를 나누었다. 그런데 두 사람이 본 형체가 서로 일치하지 않았다.

몽샤르맹은 관람석 가장자리에 몸을 기대고 서 있는 해골 같은 얼굴을 보았다고 했고, 리샤르는 지리 부인을 닮은 늙은 여인의 모습을 보았다고 했다.

"사람들이 우리를 놀리고 있군그래!"

두 사람은 다시 칸막이가 된 2층 5번 관람석으로 달려가 보았지만 그곳에는 아무도 없었다. 유령이 앉았다는 의자도 그저 평범한 의자에 불과했다.

이어서 5번 관람석 바로 아래에 있는 1층의 칸막이 좌석으로 내려가서 살펴보았지만, 거기에도 아무 이상이 없었다.

그러자 리샤르가 말했다.

"이번 토요일에 있는 '파우스트' 공연 때 우리가 직접 5번 관람석에 앉아 관람하기로 하세!"

토요일 아침, 리샤르와 몽샤르맹이 출근해 보니 탁자 위에 오페라의 유령이 보낸 편지 한 통이 놓여 있었다.

　총감독 선생들께
　만약 당신들이 아직도 평화를 원한다면, 내가 제시하는 다음 조건을 지켜 주기 바라오.

　1. 내 지정석인 5번 관람석을 나 혼자 사용할 수 있도록 내게 돌려주시오.
　2. 오늘 밤 '파우스트' 공연의 마르게리트 역은 크리스틴 다에가 맡아야 하오. 카를로타는 그 역을 맡을 수 없소. 틀림없이 병이 날 테니까.
　3. 지리 부인이 다시 내 좌석 관리를 해 주었으면 하오. 그녀에게 다시 일자리를 주시오.
　4. 규정집에 적힌 계약 조건을 받아들여서 나에게 돈을 지불하겠다면, 지리 부인을 통해 편지로 확실히 알려 주시오.

　만약 이 조건을 받아들이지 않는다면, 오늘 밤 '파우스트' 공연 때 상상도 못할 일이 벌어질 것이오.
　부디 충고를 받아들이시오.

— 오페라의 유령

그때 사무실 문이 열리고 지리 부인이 또 다른 편지 한 통을 들고 불쑥 들어오며 말했다.

"오늘 아침에 오페라의 유령에게서 편지가 왔는데, 저에게 다시 좌석 관리를 맡기시겠다고……."

가뜩이나 유령 때문에 화가 머리끝까지 나 있던 리샤르는 지리 부인의 엉덩이를 발로 차 밖으로 쫓아내 버렸다.

무례하게 내쫓긴 지리 부인은 한동안 멍하니 있다가 고래고래 소리를 지르고 욕을 퍼부어 대며 소란을 피웠다. 할 수 없이 경비원 몇 명이 와서 그녀를 끌어내야만 했다.

그 시각, 카를로타는 그녀의 집에서 저녁 공연을 위해 준비하고 있다가 편지 한 통을 받았다.

오늘 저녁에 그대가 노래를 부르면,

상상도 못할 불행한 일이 생길 것이오.

죽음보다도 더한 불행이…….

그 편지는 붉은 잉크로 써 있는 협박 편지였다. 편지라기보다는 경고장이었다.

물론 이런 종류의 협박 편지를 처음 받는 것은 아니었다. 그러나 이번엔 무언가 고약한 음모가 있다는 생각이 떨쳐지지 않았다.

사실 음모라면, 가엾은 크리스틴 다에를 상대로 카를로타 자신이 꾸미고 있다고 하는 것이 옳았다. 카를로타는 크리스틴 다에가 최근에 거둔 성공을 몹시 시기해서 그녀를 미워했기 때문이다.

카를로타는 더는 크리스틴 다에에게 성공할 기회를 주면 안 된다고 생각해서, 주변 사람들을 동원하여 크리스틴 다에가 무대에 서지 못하게 막을 정도로 간교한 데가 있는 인물이었다. 목소리는 좋지만 영혼이 아름답지 못한, 성능 좋은 악기에 불과한……

괴상한 협박 편지를 읽고 한참 동안 생각에 잠겨 있던 카를로타가 벌떡 일어났다.

"어디 두고 보라지!"

카를로타는 이렇게 중얼거리면서 문득 창밖을 내다보았다.

그런데 마침 영구차가 눈에 띄었다. 그걸 보는 순간, 저녁에 좋지 않은 일이 일어날 것만 같은 불길한 예감이 들어 불안해졌다.

카를로타는 곧장 친구들을 불러 모은 다음, "크리스틴 다에가 음모를 꾸미고 있어, 오늘 저녁에 봉변을 당할지도 몰라."라고 떠들어 댔다.

"그러니까 객석을 내 팬들로 가득 채워서, 그녀의 기를 죽이고 불행한 일이 일어나는 것을 막아야 해!"

카를로타는 혹시 소란을 피우는 관객이 있더라도, 수적으로 자신의 팬이 많으면 큰 소동을 막을 수 있다고 생각한 것이었다.

오후 5시, 오페라가 시작되는 종이 울렸을 때 정작 불안한 기색이 또렷해진 사람은 카를로타였다.

그녀가 불안한 까닭은, 감독이 전에 없이 안부를 묻는가 하면 저녁 무렵에는 두 번째 경고 메시지를 받았기 때문이었다.

붉은 잉크로 쓴 이번 편지 역시 짧고 간단했고, 오전에 받은 것과 필체가 같았다.

당신은 지금 독감에 걸려 있소.
당신이 정말로 현명한 사람이라면,
오늘 밤 노래를 부르지 않을 것이오.

그러나 카를로타는 꿈쩍도 하지 않았다. 카를로타는 자신을 궁지로 몰아넣는 것이 크리스틴 다에라고 생각했기 때문에, 그럴수록 더욱 무대에 서겠다고 마음먹었다.

그날 밤 공연장은 카를로타의 친구들로 가득했는데, 평소와 다른 것이라고는 2층 5번 관람석에 두 감독이 앉아 있다는 것뿐이었다.

드디어 오페라가 시작되었으며, 1막이 시작되자 유령의 좌석에 앉아 있던 리샤르가 몽샤르맹에게 장난스럽게 물었다.

"유령이 자네의 귀에 뭐라고 속삭이던가?"

"서둘지 말자고. 유령은 보통 1막 중간쯤이나 되어야 온다고 하지 않던가."

하지만 1막이 진행되는 동안에는 아무 일도 일어나지 않았다.

1막에서는 마르게리트가 등장하지 않아, 카를로타가 노래를 부르는 대목도 없었다.

"유령 선생께서 오늘은 좀 늦으시는 모양이군."

리샤르는 느긋하게 농담까지 하면서 객석을 향해 손가락질을 했다.

거기에는 뚱뚱한 부인이 촌스런 남자 두 명을 양쪽에 거느리고 앉아 있었다.

"우리 집 관리인인데, 정신 나간 지리 부인 대신 저 여자를 고용할 생각이야."

"지리 부인이 가만히 있지 않을 텐데……."

몽샤르맹이 걱정스럽게 말했다.

그때, 느닷없이 칸막이 문이 열리더니 무대 감독이 새파랗게 질린 모습으로 나타났다.

"크리스틴 다에의 친구들이 카를로타 양에게 음모를 꾸미고 있다고, 카를로타 양이 잔뜩 화가 났습니다."

때마침 2막이 올라가자 무대 감독은 칸막이에서 나갔다.

그러자 몽샤르맹이 리샤르에게 물었다.

"크리스틴 다에는 친구가 없는 것 같던데……."

그러자 리샤르는 대답 대신에 두 남자만 앉아 있는 2층의 객석 한쪽을 머리로 가리켰다.

"필립 백작 말이오?"

"그가 나에게 크리스틴 다에를 추천했소."

"그 옆에 앉아 있는 젊은이는 누구요?"

"그의 동생 라울 자작이오."

그런 중에 지벨 역을 맡은 크리스틴이 무대에 등장했다.

맑으면서도 우아한 크리스틴의 목소리와 분위기는 사람의 마음을 끌기에 충분했다. 하지만 카를로타가 예상한 것처럼, 객석에서 환호성이 터지지는 않았다. 아주 작은 박수 소리가 났을 뿐이었다.

반면에 마르게리트로 분장한 카를로타가 노래를 부르자마자 난데없이 "브라보!"라고 외치는 소리가 여기저기서 들려왔다.

두 감독은 무대 감독이 보고했던 그 음모에 관해 알아보려고 칸막이에서 나갔다가 떨떠름한 표정으로 돌아왔다. 그런데 돌아와서 보니, 칸막이 안의 좌석에 사탕 봉지가 놓여 있는 것이었다.

"누가 이걸 갖다 놓았지?"

여자 안내원들에게 물어보았으나, 모두들 모른다고 했다.

두 감독이 다시 나갔다가 돌아오자, 이번에는 사탕 봉지 옆에 오페라 안경이 놓여 있었다. 그걸 보니 지리 부인이 말했던 것이 생각나면서 갑자기 온몸에 소름이 돋았다.

순간, 관람석 안에 이상한 기운이 감도는 것 같았다. 두 사람은 아무 말 없이 자리에 털썩 주저앉았다.

또다시 막이 올라 3막이 시작되었고, 무대에서는 크리스틴다에가 장미와 라일락 꽃다발을 안은 채 노래를 부르고 있었다. 그런데 크리스틴의 목소리에서 생기가 전혀 느껴지지 않았고, 뭔지 모르게 불안해 보였다.

그러자 카를로타의 친구 중 한 명이 일부러 다른 사람들 들으라는 듯 큰 소리로 떠들었다.

"왜 저러는 거야? 요전에는 이렇지 않았잖아. 확실히 경험 부족이라니까……."

라울은 그런 크리스틴을 안쓰럽게 바라보다 갑자기 고개를 숙이더니 흐느끼기 시작했다.

필립 백작은 그런 라울의 행동에 안절부절못했다. 며칠 전에 말도 없이 어딘가를 다녀온 뒤로 동생의 건강이 좋지 않았기 때문이다. 백작이 어딜 다녀왔느냐고 물어도 라울은 대답하지 않았다.

백작은 크리스틴 다에를 만나서 혹시 라울을 만나지 않았는지 알아보려고 했지만, 크리스틴은 그 누구도 만나지 않겠다면서 냉정하게 거절했다.

'내가 모르는 무슨 사연이 있는 것이 분명해.'

백작은 크리스틴 다에가 라울을 괴롭히고 있는 거라고 나름대로 짐작했다. 그리고 만약 라울이 그녀 때문에 고통을 받는다면 절대로 그냥 두고 보지 않겠다고 다짐했다.

'저 여자가 라울에게 원하는 것은 무엇일까?'

백작이 이런 생각을 하는 동안, 라울은 손등으로 눈물을 닦으며 페로에서 파리로 돌아온 뒤 크리스틴이 보내온 편지를 떠올렸다.

다정한 어린 시절 친구에게

라울, 맹세해 주세요.

당신은 이제 더는 나를 만나지 않겠다고 결심을 해야 합니다.

나를 정말 사랑한다면, 부디 그렇게 해 주세요.

영원히 당신을 잊지 않겠어요.

우리 두 사람의 생명이 달린 문제랍니다.

— 크리스틴

필립 백작은 라울과 크리스틴을 못마땅한 듯이 번갈아 쳐다보았다.

그때 관객들의 열렬한 환호를 받으며 다시 카를로타가 등장했다.

마르게리트 역을 맡은 그녀가 노래를 부르자, 그의 친구들이 유난스럽게 환호성을 올렸다. 그리고 그녀가 노래를 마칠 때마다 환호가 멈추질 않았다.

그렇게 오페라는 끝나 가고 있었으며, 불안에 떨던 카를로타 자신이나 그녀의 팬들은 이제 마음을 놓고 있었다.

그런데 갑자기 끔찍한 일이 벌어졌다. 마르게리트가 파우스트의 노래에 답하는 대목이었는데, 그때 카를로타의 입에서 마치 두꺼비가 우는 듯한 이상한 소리가 터져 나왔다.

"꽤액! 꽥꽥!"

카를로타의 얼굴이 일그러졌고, 공연장이 순식간에 술렁거리기 시작했다. 그리고 카를로타의 온몸이 뻣뻣하게 굳는 듯하더니, 입을 반쯤 벌린 상태에서 노래가 중단되었다.

2층 5번 관람석에 앉아 있던 리샤르와 몽샤르맹의 얼굴도 백지장처럼 하얗게 변했다. 그들은 동시에 서늘한 기운이 다가오는 것을 느꼈기 때문이다.

으스스한 유령의 숨결이 느껴졌다. 온몸에 소름이 돋고 머리카락이 쭈뼛 일어섰으며, 등줄기를 타고 식은땀이 흘러내렸다. 두 사람의 귓가에서 유령의 숨결이 뺨에 닿을 듯 말 듯 너무나도 가깝게 들려왔기 때문이다.

그때 다시 한 번 끔찍한 소리가 들렸다.

"꽤액!"

한 번도 실수를 한 적이 없는 카를로타였는데, 그 아름다운 입에서 적나라하게 두꺼비 울음소리가 튀어나왔다.

관중석이 소란스러워졌다. 전혀 예상하지 못했던 황당한 상황이 벌어지자, 모두들 자신들의 눈과 귀를 의심했다.

그러나 관객들에게서 그간 '완벽한 악기'라는 평을 들어 온 카를로타였기 때문인지, 관객들은 당황해 하긴 했지만 분노를 터트리지는 않았다. 만약 다른 여가수였다면 당장 야유와 욕설을 퍼부었을 텐데 말이다.

카를로타는 긴장한 채 손으로 얼굴을 감싸면서 부들부들 떨었다. 2층의 5번 관람석에 있는 감독들 역시 입을 굳게 다문 채 새파랗게 질려 있었다.

‘카를로타가 유령의 저주를 받은 것이 아닐까……’

두 감독의 머릿속에는 불길한 생각이 스쳐 지나갔다.

그 순간, 몽샤르맹은 자신의 머리카락 몇 올이 유령의 숨결에 흩날리는 듯한 느낌을 받았다.

리샤르는 이마의 땀방울을 연신 닦으며 침착해지려고 애를 썼지만, 아주 가까이에서 어떤 존재의 숨소리가 느껴져 움직이지도 못하고 굳어 있었다.

‘분명히 누군가가 있다!’

두 감독은 눈에 보이지는 않지만, 자신들이 앉아 있는 5번 관람석의 칸막이 안에 다른 누군가가 있다는 생각을 떨쳐 버릴 수가 없었다. 그랬기 때문에 두 사람은 도망갈 엄두도 내지 못하고 꼼짝도 못한 채 오들오들 떨면서 앉아 있을 수밖에 없었다.

‘불행한 일!’

누군가가 편지로 말한 불행한 일이 이것이란 말인가?

카를로타는 침착해지려 애쓰면서, 긴장된 침묵을 깨고 노래를 부르려고 용기를 냈다.

“나는 듣고 있어요. 듣고 있고말고요. 꽤액, 꽥! 이 외로운…… 꽥!”

그러나 카를로타의 찢어지는 듯한 괴성이 계속되었고, 관중석은 완전히 혼란에 빠지고 말았다.

공포에 질려 몸을 가누지 못하는 두 감독의 귓가에 으스스한 유령의 목소리가 들려왔다.

"카를로타의 노랫소리 때문에 샹들리에가 무너지겠군."

그와 동시에 두 감독은 천장을 올려다보면서 비명을 질렀다.

"아악!"

엄청난 무게의 샹들리에가 로열석 한가운데를 향해 무서운 속도로 떨어지더니 산산조각이 나고 말았기 때문이다.

관객 수천 명이 비명을 질러 댔고, 공연장은 순식간에 아수라장이 되고 말았다.

그로 인해 수십 명이 다치고, 한 명이 죽었다.

그런데 죽은 여자는 지리 부인을 대신하여 여자 안내원으로 근무하기로 정해진 여자였다.

가면무도회

샹들리에 추락 사고를 조사한 결과, 그것을 지탱하는 연결 장치가 낡아서 사고가 발생했다는 결론이 나왔다. 하지만 저주받은 공연 이후 두 감독은 넋이 나가 있었다.

그 뒤로 카를로타는 몸져누웠고, 크리스틴은 공연이 끝난 뒤 자취를 감춰 버려서 두 주 동안 그 어느 곳에서도 그녀를 볼 수 없었다.

답답해진 라울은 몹시 걱정이 되어, 사무실에 찾아가서 그녀의 행방을 물었다.

"다에 양은 휴가 중이오."

극장 측의 대답은 간단했다.

"어디가 아픕니까?"

"그건 우리도 모릅니다."

"극장 전속 의사를 보내지 않았습니까?"

"본인이 원하지 않았습니다."

사무실에서도 뾰족한 대답을 듣지 못한 라울은 미친 듯이 여기저기를 수소문하며 다녔다. 하지만 어디에서도 그녀의 모습을 찾을 길이 없었다.

라울은 답답함을 참지 못하고 크리스틴의 후견인인 발레리우스 부인에게도 편지를 보냈다. 하지만 그곳에서는 답장조차 없었다.

더는 참을 수가 없다고 생각한 라울은 발레리우스 부인을 직접 찾아가 봐야겠다고 마음먹었다.

라울은 건강하고 합리적인 사고방식을 가진 남자였다. 시인의 풍부한 감성을 지녔을 뿐 아니라, 음악을 즐길 줄 알았으며, 아름다운 춤을 사랑했다.

그랬기에 그가 요정같이 아름다운 크리스틴에게 푹 빠졌을지도 모른다.

발레리우스 부인의 집에 당도하자, 그녀는 병중이었지만 기꺼이 그를 만나 주었다.

부인은 머리카락이 하얗게 세었어도, 눈동자는 생기가 넘치는 사람이었다.

　반갑게 맞이하는 부인을 보자마자, 라울은 크리스틴의 행방을 물었다.

　"부인……. 크리스틴은 지금 어디 있습니까?"

　"그 애는 지금 착한 정령과 함께 있다네."

　"착한 정령이라니요?"

　"음악의 천사 말일세."

　라울은 '음악의 천사'라는 말이 나오자, 그 자리에 털썩 주저앉았다.

　그러자 노부인은 손가락을 입술에 갖다 대며 침착하게 말했다.

　"샤니 자작! 하늘이 자네를 이곳에 보내 주었군! 이제 크리스틴에 관해서 말할 수 있겠어. 내가 지금부터 말하는 것은 어느 누구에게도 절대로 말해서는 안 된다네. 자네만 알고 있어야 해! 라울, 난 자네를 아주 좋아했지. 크리스틴도 자네를 좋아하고. 이리 와서 어렸을 때처럼 손을 좀 잡아 주게나."

　"크리스틴이 절 좋아한다고요? 왜 그렇게 생각하시지요?"

　라울은 한 번도 크리스틴이 자기를 좋아한다고 생각한 적이 없기 때문에 당혹스럽기도 했고 괴롭기도 했다. 노부인이 웃으며 대답했다.

　"그 애는 날이면 날마다 자네 이야기를 하곤 했지. 어느 날인

가는 자네가 찾아와 청혼을 했다고 하더군. 자네는 그 아이가 결혼할 수 없는 몸이라는 걸 몰랐던 게지."

"그게 무슨 말씀이십니까? 크리스틴이 다른 사람과 결혼이라도 했나요?"

라울은 감정을 억제하려고 애쓰며 물었다.

"그건 아니야. 다만, 크리스틴은 본인이 원해도 결혼을 할 수 없는 몸이잖은가."

"결혼을 할 수 없다니, 그게 무슨 말입니까?"

"음악의 천사가 크리스틴의 결혼을 금지했다네."

"어떻게 그런 일이 있을 수 있죠?"

"음악의 천사는 크리스틴에게 결혼을 하면 다시는 자기 목소리를 듣지 못할 거라고 말했다네. 영원히 그 아이 곁을 떠날 거라고 했단 말이야. 자네도 알다시피 크리스틴으로서는 음악의 천사를 떠나보낼 수가 없지 않겠는가."

"그래요, 맞아요."

라울은 크리스틴의 아름다운 노랫소리를 떠올렸다.

"크리스틴이 그 착한 정령과 함께 페로에 갔을 때, 자네를 만나 다 이야기한 줄 알았는데……."

"그럼 그때 크리스틴이 그 정령과 함께 갔단 말인가요?"

"몰랐나 보군. 그 정령은 성당 묘지에서 크리스틴과 만나기로 했어……. 그 애 아버지의 바이올린으로 '나자로의 부활'을 연주해 주겠다고 약속했거든."

라울은 더는 듣고 있을 수가 없어서 외쳤다.

"부인, 당장에 그 정령인가 뭔가 하는 자가 어디에 있는지 알아보겠습니다."

그러나 부인은 조금도 놀라지 않고 담담하게 대답했다.

"그는 하늘나라에 있어."

밤마다 천사가 하늘나라에서 내려와 음악가들을 만난다는 그 믿음! 라울은 그런 미신 같은 이야기를 철석같이 믿고 있는 크리스틴과 노부인의 정신 상태가 놀랍기도 하면서 몸서리가 쳐졌다.

"그래, 크리스틴이 언제부터 그자와 알게 되었습니까?"

"석 달 전쯤, 음악의 천사가 크리스틴을 찾아왔어. 그리고 매일 아침 크리스틴의 분장실에서 그녀에게 노래를 가르쳐 주었지. 아무도 없는 아침 8시. 오페라 극장의 그 애 분장실이라면, 아무 방해도 받지 않고 연습할 수 있었지. 하지만 지금은 크리스틴이 천사와 함께 어디론가 가 버렸기 때문에 어디에서 하는지 알 수가 없다네."

라울은 너무나 화가 나서 그 자리에 더 머물 수가 없었다. 그래서 인사도 제대로 하지 못한 채 급히 그곳에서 뛰쳐나와 집으로 돌아왔다.

크리스틴의 순수함을 믿었던 자신이 한없이 바보처럼 느껴졌다. 단 한 순간도 그녀의 순수함과 정숙함을 의심하지 않았는데……. '음악의 천사'라는 정체도 알 수 없는 정령에게 온통 마음을 빼앗긴 크리스틴이 원망스러웠다.

집으로 돌아온 라울은 분노의 감정을 이기지 못하고 형에게 안겨 흐느꼈다.

필립 백작은 아무것도 묻지 않은 채, 절망감에 빠진 동생을 위로하려는 듯 이렇게 말했다.

"어젯밤에 숲에서 크리스틴이 어떤 남자와 함께 마차를 타고 가는 것을 누군가가 봤다고 그러는구나. 그런 여자는 잊고 나와 함께 파티에 가자. 그리고 쓸데없는 생각들은 모두 훌훌 털어 버리렴."

라울은 너무 괴로워서 견딜 수가 없었다. 그녀를 잊고 싶었다.

라울은 형과 함께 파티장으로 향했다. 그러나 그곳에서 얼마 있지 못하고, 누군가 크리스틴을 보았다는 그 숲으로 달려가 그녀를 기다렸다.

밤 열 시! 멀리서 마차 한 대가 모퉁이를 돌아 조용히, 그리고 천천히 다가왔다. 라울의 심장이 터질 것처럼 두근거렸다.

'어떤 일이 있더라도 음악의 천사라는 정령과 결판을 내리라.'

라울은 필립 백작의 말처럼 마차 창가에 머리를 기대고 있는 크리스틴의 모습을 발견했다. 달빛에 비친 크리스틴의 모습은 무척 창백해 보였다.

"크리스틴!"

라울이 자신도 모르게 크리스틴의 이름을 외치자, 마차가 갑자기 속력을 내더니 빠르게 그를 지나쳐 갔다.

라울은 완전히 절망에 사로잡혔다. 라울은 몇 번이고 크리스틴의 이름을 소리쳐 불렀지만, 그 외침에 아무 대답도 없이 마차는 금세 멀어져 갔다.

라울은 길 한가운데에 우뚝 멈춰 서서 밤하늘을 바라보았다.

북유럽의 어느 요정에게 혼을 빼앗긴 가엾은 라울! 겨우 스물한 살밖에 되지 않은 젊은이는 이제 오로지 죽음만을 생각하고 있었다.

다음 날, 라울이 외출 준비를 하고 있을 때 하인이 편지를 들고 왔다.

진흙투성이가 된 편지 봉투에는 우표도 붙어 있지 않았다. 다만 '라울 드 샤니 자작님께 전해 주세요.'라고 쓰인 메모와 함께 주소가 적혀 있을 뿐이었다. 아무나 주워서 본인에게 전해지기를 바라고 내던져 놓은 편지처럼 여겨졌다.

라울에게

모레 밤에 오페라 극장에서 가면무도회가 열립니다.

가면무도회 때 당신을 만나고 싶어요.

정각 12시, 작은 방으로 가세요.

대연회실로 통하는 문 근처에 서 있으면 돼요.

하얀 외투를 입고 반드시 가면을 쓰세요.

누구에게도 절대로 말을 해선 안 돼요.

아무도 당신을 알아보지 못하게 해야 합니다.

이건 당신과 나만의 비밀이에요.

— 크리스틴

하인에게 물어보니, 편지는 오페라 광장의 어느 길바닥에 떨어져 있었다고 했다.

'도대체 크리스틴이 누구에게 붙잡혀 있기에, 이런 식으로 연락을 해야 한단 말인가?'

어느새 크리스틴에 대한 의심과 질투는 사라지고, 크리스틴에 대한 걱정으로 라울은 안절부절못했다.

'혹시 괴물이 그녀의 마음을 어떻게 한 건 아닐까?'

문득 괴물이 휘두르는 무기가 '음악'이 아닐지도 모른다는 생각이 들어, 라울은 반드시 그 진실을 밝히고 말겠다고 다짐했다.

크리스틴이 파리에 있는 음악 학교에 다닐 때는 아버지의 죽음으로 얼이 빠져, 영혼 없이 그저 기계적으로 노래를 부르는 초라한 악기에 지나지 않았었다. 그러던 그녀가 어느 날 갑자기 신의 숨결을 받은 듯, 천상의 목소리로 노래를 부르게 된 것이었다.

'그래, 정말로 음악의 천사가 그녀를 찾아왔는지도 몰라. '파우스트'의 마르게리트 역을 그토록 멋지게 소화하기란 결코 쉬운 일이 아닐 테니까. 그렇다면 도대체 누가 그녀 앞에 신비스런 정령으로 나타났단 말인가?'

한동안 질투심에 사로잡혀 있던 라울은 한낱 오페라의 유령에게 조롱을 당하고 있는 건 아닌가 하는 의심도 들었다.

가면무도회가 열린 무도회장은 몹시 소란스러웠다. 무도회장에는 수많은 예술가들과 모델들, 화가 지망생들이 속속 모여들었다.

자정 무렵에 분위기가 한창 무르익자, 하얀 외투를 입고 가면을 쓴 라울은 사람들 틈을 헤집고 크리스틴이 말한 장소로 갔다.

라울은 문가에 몸을 기대고 서서 가만히 크리스틴을 기다렸다. 그러면서도 크리스틴에 대한 원망과 걱정이 번갈아 자신을 괴롭히는 것을 느꼈다.

얼마 지나지 않아 검은 가면에 검은 코트를 입은 누군가가 라울의 손가락 끝을 재빨리 쥐었다.

라울은 그 사람이 크리스틴임을 한눈에 알아차릴 수 있었다.

"크리스틴, 당신인가요?"

"쉿!"

검은 코트를 입은 그 사람은 뒤를 돌아보며 조용히 하라는 뜻으로 손가락을 입에 갖다 댔다. 그리고 라울을 이끌고 어딘가로 향했다.

라울이 검은 코트를 입은 사람을 따라 대휴게실을 지나고 있을 때, 사람들이 누군가를 둘러싸고 있었다.

작은 소동이 일어난 것 같았다. 머리부터 발끝까지 온통 붉은색 옷을 입고 큼직한 모자를 썼으며, 묘하게 생긴 가면 꼭대기에 깃털을 장식하고 있는, 이상야릇한 사람이 그곳에 있는 것이었다.

그가 입고 있는 붉은색 긴 코트에는 황금색 실로 이런 말이 수놓아져 있었다.

　'나를 건드리지 마시오. 나는 외부 세계를 떠도는 붉은 죽음이오.'

라울은 그 사람의 곁을 지나치다가 우연히 눈이 마주쳤다.

그 순간 라울은 숨이 막히는 것만 같았다. 그 얼굴이 페로에서 본 해골과 똑같았기 때문이다.

그는 당장 앞으로 뛰어가 해골의 가면을 벗겨 내고 싶었지만, 검은 옷을 입은 사람이 라울의 팔을 잡아끌고 황급히 다른 곳으로 향하고 있었다.

두 사람은 2층 복도를 뛰어올라 개인 관람석 안으로 들어간 뒤 문을 잠갔다.

방에 들어서자 라울은 얼른 가면을 벗었으나, 검은 옷을 입은 사람은 그대로 있었다.

라울이 가면을 벗어 달라고 말하려는 순간, 검은 옷을 입은 사람이 벽에 바싹 붙어 귀를 기울였다. 그러다가 문을 살그머니 열고 문틈으로 복도를 내다보았는데, 그 사람의 얼굴이 큰 공포에 사로잡혀 있는 듯했다.

"그가 위로 올라갔는데……? 지금 또다시 그가 내려오고 있어요!"

검은 옷을 입은 사람이 황급히 문을 닫으려고 하는데, 라울이 겁에 질린 그 사람을 밀쳐 내고 밖을 내다보았다. 방금 보았던 그 해골이 천천히 걸어오고 있었다.

"이번에는 내 반드시 저놈을 잡고야 말겠어!"

라울이 밖으로 뛰어나가려 하자, 검은 옷을 입은 사람이 안타까워하며 두 팔을 벌려 문을 막아섰다.

"도대체 누굴 잡겠다는 거예요?"

"누구긴 누굽니까! 페로의 공동묘지에 나타났던 그 사악한 정령이지요. 그 잘난 음악의 천사를 꼭 붙잡아서 가면을 벗게 할 생각이오. 당신의 연인을 내 눈으로 직접 확인해야 하니까……."

라울은 이렇게 말하고 나서 큰 소리로 웃었다.

그러자 검은 옷을 입은 사람이 막아서며 다급한 목소리로 말했다.

"라울, 우리의 사랑을 걸고 말하는 거예요. 제발 나가지 마요!"

라울은 '우리의 사랑을 걸고'라는 말에 깜짝 놀라서 걸음을 멈추었다. 크리스틴은 여태까지 '사랑한다'는 말을 한 적이 없기 때문이었다. 라울은 이내 의심이 생기면서, 크리스틴이 해골에게 도망갈 시간을 벌어 주고 있다는 생각이 들었다.

"지금 당신은 거짓말을 하고 있어! 당신이 나를 사랑한 적이나 있나? 당신은 오로지 나를 속일 생각뿐이군. 저자를 위해 나를 잡아 두고 있는 거잖아! 당신을 증오해!"

말을 마친 라울이 울음을 터뜨렸다.

“오, 라울…….”

크리스틴은 라울의 모욕적인 말을 가만히 듣고만 있었다. 그녀에게는 오직 라울이 밖으로 나가지 못하게 막아야겠다는 생각뿐이었다.

“라울, 언젠가는 내게 이런 무례한 말을 한 것을 용서해 달라고 할 날이 올 거예요. 그러면 난 당신을 용서할 거고요.”

라울은 고개를 저었다.

“라울! 어떻게 당신이 내게…… 아니, 아니에요. 마음대로 생각해요. 어쨌든 당신은 살아야만 해요. 이제 당신은 나를 볼 수 없을 거예요. 앞으로 영원히…….”

크리스틴이 너무나 절망적으로 말하는 바람에 라울은 정신이 번쩍 들어 자신의 잔인한 행동을 후회하기 시작했다.

“대체 어디로 가기에……. 말을 해 봐요, 크리스틴! 제발 모든 것을 말해 줘요.”

“오늘 밤 다 말하려고 했지만, 이미 당신에게는 나에 대한 믿음이 남아 있지 않아요. 소용없는 일이죠. 그만 돌아가겠어요.”

잠시였지만 가면을 벗은 크리스틴의 얼굴에는 슬픔과 절망의 그림자가 드리워져 있었다. 가슴이 먹먹해진 라울은 한없는 슬픔을 느꼈다.

“크리스틴, 미안하오. 내 사랑하는 사람! 내 사랑 크리스틴,

내가 지금 무슨 짓을 한 거지?”

크리스틴은 문을 열고 떠나 버렸다. 그러고는 단호한 태도로 따라오지 말라고 손을 내저었다. 라울은 감히 따라갈 엄두를 내지 못했다.

라울은 크리스틴이 사라질 때까지 꼼짝하지 않고 서 있다가 곧바로 붉은 죽음을 찾으러 무도회장으로 돌아갔다. 하지만 그의 모습은 어디에도 보이지 않았다.

새벽 2시. 자기도 모르는 사이에 라울은 크리스틴의 분장실 앞에 와 있었다. 조용히 문을 두드렸지만 아무 응답이 없었다.

라울은 조심스럽게 방 안으로 들어갔다. 방에는 아무도 없었다.

그런데 갑자기 발소리가 들려오는 것이 아닌가. 라울은 급히 커튼 뒤로 숨었다.

방으로 들어선 건 크리스틴이었고, 그녀는 몹시 지친 듯한 몸짓으로 가면을 벗어 던지더니 아름다운 얼굴을 두 손에 파묻었다.

“오, 불쌍한 에릭!”

크리스틴이 혼자서 이렇게 중얼거리는 소리를 듣자, 라울의 심장이 무섭게 고동치기 시작했다.

그동안의 일을 돌이켜 보면 불쌍한 사람은 바로 라울 자신인데, 크리스틴이 왜 ‘에릭’이라는 남자를 동정하고 있는 것인지 알 수가 없었다.

크리스틴이 종이에 무언가를 쓰기 시작했을 때, 무슨 소리가 들려오는 듯했다. 그 소리가 점차 가까이 다가왔는데, 소리는 벽에서부터 울려 퍼지는 것 같았다.

그 소리는 노랫소리인 것이 분명했다. 마침내는 가사까지도 알아들을 수 있게 되었는데, 벽에서 들리는 그 아름다운 노랫소리에 라울은 정신이 아득해지는 것 같았다.

아름답고 부드러운 남자의 목소리가 벽 사이로 점점 가까이 다가왔다. 그러더니 어느새 방 안으로 들어와 크리스틴 앞에 멈추었다.

그러자 크리스틴이 자리에서 일어나 목소리를 향해 말했다.

"에릭, 저 여기 있어요. 조금 늦으셨군요. 저는 준비가 다 됐답니다."

크리스틴의 얼굴이 아름다운 미소로 밝게 빛나고 있었다.

커튼 너머에는 크리스틴 말고는 아무도 없었다. 그런데 얼굴도 보이지 않는 사람이 또다시 노래를 부르기 시작했다. 아까 그 남자의 목소리였다.

그 남자의 노랫소리는 영혼을 앗아갈 만큼 아름다웠다. 들을수록 혼을 빼앗기는 것만 같았다. 그 목소리를 들으니, 크리스틴이 어떻게 그날 저녁 그토록 우아하고 황홀하게 노래를 할 수 있었는지 충분히 짐작되었다.

넉넉하면서도 웅장하고 감미로운 목소리는 라울의 심장 깊숙이 파고들었고, 마치 마법의 주문인 양 라울의 정신이 점점 혼미해졌다. 하지만 라울은 가까스로 정신을 차린 다음 커튼을 젖혔다.

크리스틴은 방 안의 벽 전체를 메우고 있는 커다란 거울 앞에 서 있었다. 그런데 갑자기 넋을 빼앗긴 듯한 표정으로 거울을 향해 걸어가는 것이 아닌가.

크리스틴이 거울 앞에 달라붙듯 바싹 다가서자, 라울은 그녀를 붙잡으려고 재빨리 팔을 뻗었다. 그런데 순간 얼음처럼 차가운 바람이 불어와서 라울의 얼굴을 후려쳤다. 라울은 비틀거리면서 물러설 수밖에 없었다.

그러더니 크리스틴의 모습이 둘, 넷, 여덟……, 스물로 불어나며 어지럽게 맴돌았다. 어찌나 빨리 돌던지, 라울은 정신을 차릴 수가 없었다. 또한 아무리 붙잡으려고 애를 써도 좀처럼 크리스틴에게 손이 닿지 않았다.

마침내 방 안이 고요해지자, 라울은 정신을 차리고 거울에 비친 자기 모습을 볼 수 있었다.

하지만 크리스틴은 이미 사라진 뒤였다.

'크리스틴은 도대체 어디로 사라졌단 말인가?'

벽 속에서는 더 이상 아무 소리도 들려오지 않았다. 라울은 크리스틴을 부르며 거울을 향해 급히 달려들었지만 '꽝' 하고 거울에 부딪칠 뿐이었다.

그는 자리에 주저앉아 목소리와 함께 사라져 버린 크리스틴을 떠올리며 눈물을 흘렸다.

'그런데 에릭이라는 자는 도대체 누구란 말인가……?'

다음 날, 라울은 발레리우스 부인을 다시 한 번 찾아갔다. 그런데 놀랍게도 노부인 옆에 크리스틴이 얌전한 자태로 앉아 있는 것이었다.

크리스틴의 얼굴은 다시 예전의 생기를 되찾았고, 간밤의 슬픔은 흔적도 찾아 볼 수 없을 정도로 말짱했다.

크리스틴은 라울을 보자 덤덤한 얼굴로 일어났지만, 라울은 넋이 나간 얼굴로 멍하니 크리스틴을 바라보았다.

"저런! 샤니 자작, 이젠 크리스틴도 못 알아보는 거야? 착한 정령이 이 아이를 돌려보내 주었어."

부인이 기분 좋은 듯이 말하자, 크리스틴이 얼굴을 붉히면서 말했다.

"그 이야기는 그만하세요. 음악의 천사 같은 건 없다는 걸 잘 아시잖아요."

그러자 라울이 끼어들며 말했다.

"제발 그 위험한 비밀을 속 시원하게 털어놓고, 사실을 말해 주세요. 당신이 겪고 있는 일을 계속 감춘다면, 어떤 끔찍한 일이 벌어질지도 모른다는 불길한 예감이 듭니다."

"크리스틴, 도대체 라울이 무슨 얘길 하는 거냐?"

부인이 크리스틴에게 묻자, 크리스틴은 발레리우스 부인의 두 손을 잡아 모으며 안심을 시켰다.

"저 사람 말에 신경 쓰지 마세요."

"그렇다면 더는 내 곁을 떠나지 않겠다고 약속하렴."

크리스틴이 아무 반응을 보이지 않자, 라울이 대답을 재촉했다.

"크리스틴, 어서 약속해요. 그것만이 발레리우스 부인과 나, 그리고 당신을 위하는 일입니다."

"이것 보세요, 샤니 자작님! 당신이 내 남편이라도 되나요? 나는 자유로운 몸이라는 걸 모르나요? 당신이 나한테 이래라저래라 할 권리가 없다는 걸 몰라서 그래요?"

크리스틴이 단호한 어조로 말했다.

그 순간, 라울은 크리스틴의 손가락에서 반짝이는 뭔가를 발견했다.

라울은 새파랗게 질린 채 크리스틴의 손을 잡으려 하면서 물었다.

"그 반지는 뭐죠?"

"선물받은 거예요."

"도대체 내가 본 것들을 이해할 수가 없어요. 크리스틴! 그 사람은 누군가요?"

깜짝 놀란 크리스틴이 라울에게 다가와 물었다.

"대체 뭘 봤다는 거죠?"

"어젯밤에 당신과 그를 보았어요. 당신은 알 수 없는 노랫소리에 사로잡혀 제정신이 아니더군요. 그 목소리의 주인은 누구죠? 왜 그 사람을 따라간 거죠? 어디로 갔었나요? 당신은 어떻게 해서 사라졌던 거죠? 반지는 음악의 천사가 당신에게 준 것이겠지요? 바로 당신이 에릭이라 부르는 그 남자 말이에요! 다 말해 줘요. 비밀을 지킬게요."

순간, 크리스틴의 얼굴빛이 백지장처럼 하얗게 질려 버렸다.

"아무리 설명해도 당신은 이해하지 못해요."

보다 못한 발레리우스 부인이 나서서 한마디 했다.

"우리 애가 어떤 남자를 사랑한다 해도, 크게 상관할 일은 아니라고 생각하는데……."

"제 생각에도 크리스틴이 제가 아닌 그를 사랑하는 것 같군요. 하지만 중요한 것은, 크리스틴의 사랑을 독차지한 남자가 과연 그럴 만한 자격이 있느냐 하는 점입니다……."

라울은 울먹이느라 말을 채 끝맺지도 못 했다.

"그런 건 내 자신이 판단해요! 라울, 당신은 도대체 한 번도 보지 못하고 아무것도 모르면서 그를 왜 나쁘게 말하는 거죠?"

"아무것도 모르다니, 그 사람 이름이 '에릭'이지 않소?"

'에릭'이라는 이름이 나오는 순간, 크리스틴의 얼굴이 또 하얗게 질렸다.

"그걸 당신이 어떻게?"

"당신 입으로 직접 말하지 않았소."

"언제요?"

"가면무도회가 있던 날 밤, 분장실에서 당신은 내가 엿듣고 있었다는 걸 정말 몰랐단 말입니까?"

"그럼 또 문밖에서 엿들었군요."

"문밖이 아니라 분장실 안에 있었소."

그 말에 크리스틴은 기겁을 하며 소리쳤다.

"라울, 불쌍한 사람! 당신은 죽고 싶은 건가요?"

"당신을 위해서라면 기꺼이……!"

라울의 진심을 알아 버린 크리스틴은 더는 참지 못하고 울음을 터뜨렸다.

잠시 뒤, 크리스틴은 애정이 가득 담긴 슬픈 눈으로 라울을 바라보며 그의 두 손을 붙잡고 말했다.

"절대 말할 수 없어요. 그 목소리도, 그 이름도 모두 잊으세요. 라울, 그 목소리의 비밀을 절대로 알려고 해서는 안 돼요."

크리스틴이 울부짖으며 애원했다.

"뭐가 그렇게 두려운 거예요?"

"이 세상에 그보다 더 두려운 일은 없을 거예요."

두 사람 사이에 잠시 침묵이 흘렀다.

한참 동안 그렇게 있다가 크리스틴이 입을 열었다.

"나하고 약속해요. 더 이상 알려고 하지 않겠다는 것을……. 그리고 내가 청하지 않는 한, 분장실에 들어오지 않겠다는 것도 약속해 줘요. 부탁이에요."

"가끔 나를 그곳으로 불러주기는 할 건가요?"

"그럼요. 내일이라도요."

"그럼 약속하겠소."

라울은 크리스틴의 손에 입을 맞춘 뒤, 집으로 돌아왔다.

그러나 라울의 머릿속에서 '에릭'이라는 저주스런 이름은 좀처럼 떠날 기미를 보이지 않았다.

오페라 극장의 슬픈 연인

다음 날 라울이 오페라 극장에서 크리스틴을 만났을 때, 크리스틴은 더 없이 다정했고 사랑스러웠다. 하지만 여전히 그 금반지를 끼고 있었다.

그녀는 라울에게 앞으로 무엇을 할 것인지 물었다. 라울은 곧 북극 원정을 떠나야 한다고 대답했다.

"우리는 어쩌면 다시 만날 수 없을지도 몰라요. 원정 기간 동안 내가 죽을 수도 있으니까."

"어쩌면 내가 먼저 죽을지도 모르지요."

크리스틴의 얼굴에 안타까워하는 빛이 떠올랐다. 그러다 무슨 생각을 했는지, 갑자기 그녀의 얼굴이 환하게 밝아지기 시작했다.

"라울, 우리는 비록 결혼은 할 수 없지만 약혼은 할 수 있어요! 우리 둘이서만 말이에요. 당신이 떠나기 전에 우리 약혼해요. 그러면 난 평생 동안 그 시간을 돌아보며 행복해 할 수 있을 거예요."

갑작스러운 제의에 라울은 당황했지만, 크리스틴과 마찬가지로 행복한 마음을 숨길 수가 없었다.

그들은 어린 시절로 되돌아간 것 같았다. 라울은 꿈에서 깨어나고 싶지 않았다.

"당신의 손을 잡는 영광을 나에게 허락해 주겠소?"

"뭐라고요? 당신은 이미 내 손을 잡고 있잖아요. 라울, 우리는 신랑 신부가 되어 행복할 거예요."

'난 당신으로 하여금 그 남자 목소리를 잊게 하거나, 직접 나서서 그 목소리를 없앨 수도 있어. 그러면 당신은 한 달 동안이 아니라 영원히 내 아내가 되는 거야.'

라울은 마음속으로 다짐했다.

일주일 뒤, 라울은 원정을 떠나지 않겠다고 크리스틴에게 말했다.

그런데 그날 크리스틴은 한마디 말도 없이 다시 사라졌다.

다음 날 아침, 라울은 발레리우스 부인의 집으로 달려갔다.

그러나 크리스틴은 그곳에도 없었다.

라울은 갑자기 이 세상에서 가장 불행한 남자가 된 것처럼 낙담했다.

이틀 뒤에 크리스틴이 돌아왔고, 마르게리트를 멋지게 소화해 냈다. 사람들은 모두 크리스틴을 향해 열렬히 환호했고, 그것은 크리스틴에게는 새로운 영광이 되었다.

카를로타는 언제 또 꽥꽥거리는 소리가 나올지 두려워서 무대에 서지 못했다. 그 빈자리를 크리스틴 다에가 메웠으며, 그녀가 열창한 '유대인 여자'는 엄청난 반응을 불러일으켰다.

하지만 라울에게는 그러한 것들이 고통스럽기만 했다. 라울은 그녀의 손가락에 끼워져 있는 작은 금반지를 볼 때마다 몹시 혼란스러웠다.

라울은 공연이 끝나자마자 무대 뒤로 달려갔다. 크리스틴 역시 라울을 찾고 있었던 듯, 그를 보더니 급히 손을 잡고 분장실로 들어갔다.

"크리스틴! 내가 잘못했어요. 원정을 떠날게요. 그러니 부디, 다시는 사라지거나 하지 마요. 나는 당신과 보낸 행복한 날들을 단 한 순간도 놓치고 싶지 않아요."

라울이 무릎을 꿇고 애원하자, 크리스틴이 눈물을 흘렸다. 두 사람은 서로에게 입을 맞추며 한없이 따뜻하게 서로를 끌어안

왔다.

그런데 갑자기 그녀가 물러서더니 문 쪽에 귀를 기울였다.

라울은 크리스틴이 시키는 대로 다시 문밖으로 나갈 수밖에 없었다.

라울이 문밖에서 들으니, 크리스틴이 나지막한 목소리로 속삭였다.

"내일 봐요, 내 사랑. 오늘 밤 전 당신을 위해 노래를 불렀어요!"

라울은 속으로 질투가 나서 못 견딜 정도였지만, 크리스틴의 앞에서는 애써 아닌 척했다.

그 뒤 며칠 동안, 두 사람은 오페라 극장 이곳저곳을 돌아보며 함께 즐거운 시간을 보냈다.

한번은 무대 위를 지나다가 바닥에서 뚜껑 문이 열려 있는 것을 발견했다. 그것은 바로 지하로 내려가는 문이었다.

라울은 오페라 극장의 지상 층은 모두 돌아보았으니, 이제 지하로 내려가 보자고 했다.

"크리스틴, 지금까지 오페라 극장을 모두 둘러보았어요. 지하에 관해서 이상한 소문이 돌던데……. 우리 함께 지하로 내려가 볼까요?"

그러자 크리스틴이 겁에 질린 얼굴을 하고 떨리는 목소리로 속삭였다.

"안 돼요! 절대로 안 돼요! 내려갈 수 없어요. 지하 세계는 그 사람의 것이란 말이에요."

"지하에 그 사람이 사는군요. 그렇지요?"

"아니, 그게 아니라………. 그렇다고는 말하지 않았어요. 자, 이제 그만 가요!"

크리스틴은 얼버무리며 라울을 다른 곳으로 데리고 갔다. 하지만 라울은 지하로 내려가는 그 어두운 문에 마음이 끌려 발걸음을 떼지 못했다.

크리스틴은 지하 세계에 관해 극도로 두려워하는 게 분명했다.

"그를 두려워하고 있군요."

"아니요, 그렇지 않아요."

크리스틴은 세차게 고개를 저었지만, 그녀의 얼굴은 새파랗게 질려 있었다. 라울은 그녀가 몹시 떨고 있다는 것을 알아챘다.

바로 그때 누군가의 손이 뚜껑 문을 황급히 닫았다. 두 사람은 우뚝 멈춰 섰다.

"크리스틴, 그자가 뚜껑 문을 닫은 것 아니오?"

"그럴 리가 없어요. 그는 지금 일을 하고 있으니까요."

"일을 하다니, 그 일이 도대체 뭐요?"

"아주 지독한 일이에요. 그는 일을 할 때 아무것도 보지 않고,

먹지도 않고, 마시지도 않아요. 심지어는 숨도 쉬지 않고, 며칠씩 밤을 새우기도 해요. 그러니 뚜껑 문을 여닫을 시간 따위는 없지요.”

다음 날도, 그다음 날도 두 사람은 뚜껑 문에서 멀리 떨어진 곳에서 데이트를 했다. 그러나 시간이 흐를수록 크리스틴의 얼굴에는 불안해 하는 기색이 역력해졌다.

참다못한 라울이 크리스틴에게 말했다.

“당신이 그 남자 목소리에 관한 비밀을 털어놓지 않으면, 나는 북극으로 떠나지 않을 거요.”

“제발 조용히 하세요! 누가 듣기라도 하면 어쩌려고 그래요?”

“크리스틴! 나는 당신을 그의 손아귀에서 반드시 구해 낼 것이오.”

“라울, 정말 그럴 수 있을까요?”

크리스틴은 그럴 수 없을 거라 생각하면서도, 한편으로는 희망을 가진 듯 라울을 이끌고 꼭대기 층으로 올라갔다.

그러다 곧 무엇에 놀란 듯 다시 고개를 돌렸다.

“우리, 좀 더 높이 올라가요! 높이!”

크리스틴은 재빨리 계단을 뛰어 올라갔고, 라울도 그녀의 뒤를 따라 지붕 꼭대기까지 올라갔다.

그들의 뒤를 검은 그림자가 따르고 있었는데, 두 사람은 그 사실을 전혀 눈치채지 못했다.

믿을 수 없는 고백

두 사람은 마침내 지붕에 도착했다. 햇살이 따사롭고 아름다운 봄날 저녁이었다.

"라울, 만약 당신이 나를 데려갈 순간이 오면, 내가 당신과 함께 가기를 거부한다 하더라도……, 강제로라도 나를 꼭 데려가 줘요."

"마음이 변할까 봐 두려운가요?"

"잘 모르겠어요."

크리스틴은 종잡을 수 없는 표정을 지으며 고개를 젓더니, 라울의 품속으로 파고들며 말했다.

"그 사람은 악마예요! 그에게 돌아갈 일이 너무 두려워요. 숨

막힐 것 같은 지하의 어둠과 그의……. 정말 두려워요."

"크리스틴, 왜 돌아가야 한다는 거요?"

"내가 돌아가지 않으면 끔찍한 일이 일어날 거예요. 하지만 돌아가고 싶지 않아요. 그는 너무 무서운걸요. 하지만 내가 가지 않으려고 해도 그 사람은 목소리로 나를 유혹해서 지하로 데리고 갈 거예요. 지하로 끌고 가서는 그 끔찍한 얼굴로 내 앞에 무릎을 꿇으며 사랑한다고 말하겠지요. 눈물을 흘리면서요. 아, 라울. 나는 그 눈물을 다시는 보고 싶지 않아요."

라울은 몹시 불안해 하면서 떨고 있는 크리스틴을 꼭 껴안아 주었다.

"크리스틴, 떨지 마요. 당신에게 다시는 그런 일이 일어나지 않도록 하겠어요. 지금 바로 도망칩시다!"

"안 돼요, 라울! 지금은 그래선 안 돼요. 내일 저녁에는 그를 위해서 노래를 불러야 해요. 그러고 나서 도망쳐요. 자정이 되면 분장실로 와서 나를 데려가 줘요. 그때 그는 호숫가에서 나를 기다리고 있겠다고 했어요. 우린 어떤 방해도 받지 않고 도망칠 수 있어요. 당신이 날 데려가 줘요. 알았죠? 이번에 돌아가면 나는 다시는 돌아오지 못할 것 같은 기분이 들어요."

크리스틴은 잠시 말을 멈추고 한숨을 내쉬었다. 그때 크리스틴의 등 뒤에서 누군가가 한숨을 쉬는 것이 느껴졌다.

“방금 무슨 소리 못 들었어요?”

“아니, 아무 소리도…….”

“아, 너무 무서워요. 평생 이렇게 살고 싶지 않아요. 그 사람 얼굴을 처음 보았을 때……. 라울, 정말 끔찍해요!”

순간, 어디선가 낯선 신음 소리가 들렸다. 라울과 크리스틴은 동시에 뒤를 돌아보았지만, 아무것도 발견할 수 없었다.

“그 사람의 얼굴을 어떻게 보게 되었는지 말해 봐요.”

“처음 석 달 동안은 목소리만 들었어요. 아름다운 노랫소리가 들려서 방마다 찾아다녔지만 목소리의 주인을 찾아낼 수 없었어요.

그러던 어느 날, 그 목소리가 나에게 말을 걸었어요. 살아 있는 사람처럼 내가 묻는 말에 대답까지 하면서요. 그 목소리는 천사의 목소리처럼 정말 아름다운 목소리였어요. 아버지가 보내 주겠다던 음악의 천사가 떠올랐어요. 그래서 혹시나 하는 마음에, 그 사람에게 음악의 천사가 아니냐고 물어봤지요. 그랬더니 그렇다고 대답하는 거예요.

그때부터 나는 그 목소리와 절친한 친구가 되었어요. 그는 나에게 노래를 가르쳐 주었지요. 그렇게 몇 주일이 지나자, 나는 노래를 부를 때면 내 자신조차 잊어버릴 정도로 빠져들곤 했어요. 목소리는 나날이 향상되는 내 실력을 숨기라고 했죠.

목소리는 이렇게 말했어요.

'기다려요. 우리는 온 파리 시민을 깜짝 놀라게 할 테니!'

그러던 어느 날 저녁, 오페라 극장에서 당신을 보게 된 거예요. 참으로 기뻤어요."

크리스틴은 다정스럽게 라울을 바라보며 다시 말을 이었다.

"목소리는 내게 어떤 변화가 일어났다는 사실을 눈치챘어요. 나는 그에게 당신에 대한 내 감정을 말했어요. 그때부터 목소리가 입을 다물어 버렸어요. 아무리 불러도 대답이 없더군요. 나는 음악의 천사가 내 곁에서 영원히 떠나 버린 게 아닌가 싶어서 너무 두려웠어요. 발레리우스 부인은 목소리가 질투하고 있는 거라고 말해 주었죠. 그리고 동시에, 그때 알았어요. 내가 당신을 사랑하고 있다는 사실을 처음으로 깨달은 거예요."

크리스틴은 라울의 어깨에 머리를 기대며 이야기를 계속했다.

"그 목소리는 만약에 내가 지상의 것에 마음을 둔다면 자신은 하늘로 다시 돌아갈 것이라고 했어요. 너무나 슬픈 목소리로 말이에요. 그땐, 아버지가 보내 준 음악의 천사를 잃고 싶지 않았어요. 그래서 당신을 사랑하지 않으며, 절대로 지상의 사람과는 사랑에 빠지지 않겠다고 목소리에게 맹세했어요. 그러자 목소리는 다시 내게 노래를 가르쳐 주었지요.

그래서 당신이 나를 찾아왔던 바로 그날 밤, 사람들에게 최고의 노래를 들려줄 수 있었던 거예요. 어떻게 그렇게 됐는지는 모르지만……, 지금까지 한 번도 느껴보지 못한 황홀함에 사로잡혔지요."

라울은 크리스틴의 손을 잡으며 말했다.

"그날 밤, 당신의 노래는 내 마음을 송두리째 흔들어 놓았어요."

"노래를 부르고 나니 정신이 흐려졌어요. 분장실에서 정신을 차려 보니, 당신이 거기에 있었어요. 목소리도 거기에 있었죠. 그래서 나는 일부러 당신을 모른 체했어요. 하지만 목소리는 속지 않았어요. 내가 당신을 사랑하는 게 아니라면, 다른 친구들을 대하듯 당신을 대하라고 말했어요. 그래서 나는 아버지의 무덤에 갈 때 당신을 데리고 간다고 했고, 목소리는 자기도 함께 간다고 했어요. 너무도 바보같이 속아 버린 거지요."

"하지만 결국은 진실을 깨달았잖아요. 이제 그만 악몽에서 깨어나면 되는 거예요."

"아, 라울. 그래서 악몽이 시작된 거라고요. 상들리에가 떨어져 내린 끔찍한 밤을 기억하죠? 다행히 당신은 무사하더군요. 하지만 공연을 지켜보겠다던 목소리가 걱정되는 건 어쩔 수 없었어요. 그래서 분장실로 돌아가 기다리고 있으니 그의 목소리가 들려왔어요. 목소리는 '나자로의 부활'을 부르고 있었고, 그 노래에 이끌려 다가갈 수밖에 없었어요.”

라울은 믿을 수 없다는 듯이 소리쳤다.

“그럴 리가! 크리스틴, 꿈을 꾼 게 아닌가요?”

“아니에요, 꿈이 아니에요. 당신도 봤다고 했잖아요. 순식간에 사라져 버린 나를 말이에요. 설명할 순 없지만, 갑자기 거울이 사라지더니 싸늘한 암흑 속에 내가 서 있었어요. 나는 겁에 질려 울부짖었어요. 그때였어요. 갑자기, 어둠보다도 더 차가운 손이 다가와 내 허리를 붙잡더군요. 발버둥 쳐 보았지만 그 손은 나를 놓아주지 않았고, 난 정신을 잃었어요.

다시 눈을 떠 보니, 나는 검은 망토에 가면을 쓴 남자의 무릎을 베고 누워 있었어요. 그의 손에서는 죽음의 냄새가 났어요. 용기를 내어 누구냐고 물었지만, 그는 아무런 대답도 하지 않은 채 나를 안아서 말안장 위에 앉혔어요. 그건 얼마 전에 잃어버린 백마였어요. 말이 갑자기 사라졌을 때, 사람들은 모두 오페라의 유령 짓이라고들 했어요. 너무 겁이 났죠.”

크리스틴은 거칠게 숨을 내쉬었다.

“그가 나를 잡고 있는 한 꼼짝도 할 수가 없었어요. 그는 내가 탄 말을 이끌고 컴컴한 통로를 따라 어디론가 계속 갔어요. 축축한 공기가 느껴지면서 어둠이 사라졌을 때, 눈앞에 호수가 보이더군요. 푸른 불빛이 비치는 물가에 작은 배 한 척이 매어져 있었어요.”

“호수가 있었다고요?”

“네, 그래요. 분명히 있었어요. 그는 나를 배에 태운 후 노를 젓기 시작했어요. 잔잔한 물 위를 지나 건너편 육지에 닿았고, 그가 내게 말했어요.

‘크리스틴, 두려워하지 마요.’

그런데 세상에……, 바로 그 목소리였어요! 나는 그 목소리의 주인이 오페라의 유령과 같은 인물일 것이라고는 꿈에도 생각지 못했어요. 그래서 분노했죠. 당장에 가면을 벗겨 내고 얼굴을 보고 싶었죠. 그러자 그가 말하더군요. ‘가면만 만지지 않는다면 당신은 안전하오.’라고요.

그는 나를 의자에 앉히고는 내 앞에 무릎을 꿇었어요. 정신이 번쩍 들었죠. 그는 사람이었어요. 어떤 방법으로 그렇게 했는지는 모르겠지만, 그는 그곳에 자신만의 왕국을 꾸며 놓았던 거예요. 내가 눈물을 흘리기 시작하니, 그가 말했어요.

‘그래요, 크리스틴. 나는 음악의 천사가 아니오. 정령도 아니고, 유령도 아니오……. 난 단지 에릭일 뿐이오!’라고 말이에요.”

그 순간, 누군가가 “난 단지 에릭일 뿐이오!”라고 그녀의 말을 따라 했다.

두 사람은 깜짝 놀라 주위를 두리번거렸지만 아무도 보이지 않았다.

주위에는 어느덧 밤공기가 무겁게 내려앉고 있었다.

크리스틴이 말했다.

"라울, 우리가 두려워해야 할 것은 저 아래 무대 바닥의 함정이에요!"

그 말을 듣고, 라울이 말했다.

"크리스틴, 내일 저녁까지 기다릴 수 없겠어요. 지금 당장 떠납시다."

"하지만 내일 내가 노래를 하지 않는다면, 그 사람은 참을 수 없는 고통을 느낄 거예요."

"그 사람이 당신을 그렇게까지 사랑한단 말이오? 하지만 그에게서 도망치려면 어차피 고통을 줄 수밖에 없지 않겠소?"

"내가 도망치면 그가 죽을지도, 아니면 반대로 그가 우리를 죽일지도 몰라요."

"당신은 도망갈 수 있는데도, 왜 그에게 다시 돌아가려고 하는 거요?"

"다시 돌아가야 하니까요. 내가 어떻게 해서 그를 떠나왔는지 이야기하면 이해할 거예요."

"당신이 나에게 말해 주어야 할 게 있소. 당신은 그를 좋아하오? 아니면……?"

"싫어하지는 않아요. 그렇다고 사랑하는 것도 아니고요. 지하 궁전으로 돌아가면 난 다시는 돌아오지 못해요."

다시는 돌아오지 않는다는 말을 들은 라울은 분노에 찬 목소리로 그를 증오한다고 말했다.

하지만 크리스틴은 그를 증오할 수는 없다고 했다.

그러자 라울은 그에 대한 크리스틴의 감정이 어떤 것인지를 물었고, 그녀는 '공포'라고 짧게 대답했다.

오페라의 유령은 정말 끔찍했다. 크리스틴의 마음은 공포로 가득 차 있었지만, 그녀는 그를 미워할 수 없었던 것이다. 발밑에 무릎 꿇고 앉아 사랑한다고 고백하는 에릭을, 라울을 사랑하는 자신을 저주하며 분노하는 에릭을, 그리고 용서를 구하는 에릭을 도저히 미워할 수가 없었다.

하지만 크리스틴은 에릭에게 자기를 자유롭게 해 주지 않으면 평생 그를 미워할 것이라고 말했다. 그러자 에릭은 고민 끝에 비밀 통로를 알려 주었다. 그러고는 음악의 천사 목소리로 노래를 부르기 시작했다. 그의 아름다운 노랫소리에 크리스틴은 그 자리에 그만 주저앉고 말았다.

크리스틴이 정신이 들었을 때, 그녀는 침대 위에 누워 있었다. 곧 자신이 작은 침실에 갇혀 버렸다는 사실을 깨닫고 출구를 찾았지만 아무 소용이 없었다.

잠시 뒤, 에릭이 돌아왔다. 그는 크리스틴을 위해 모든 걸 다 해 주었지만, 크리스틴은 그런 그에게 욕설을 퍼부어 대며 당장 가면을 벗으라고 말하기도 했다.

하지만 그는 냉정하게 "절대 내 얼굴을 보지 못할 거요."라고 짧게 대답했다. 그는 커다란 관처럼 생긴 그의 방을 구경시켜 주었다.

그는 '승리한 돈 후안'이라는 곡을 작곡하고 있었다. 크리스틴은 그에게 그 곡을 들려 달라고 했지만 그는 거절했다.

그는 크리스틴과 함께 이중창을 부르고 싶어 했다. 크리스틴은 부르지 않으려 했지만, 그의 목소리를 듣자 노래를 부르지 않을 수가 없었다.

갑자기 크리스틴은 목소리의 얼굴이 보고 싶어 견딜 수가 없었다. 그래서 순식간에 달려들어 그의 가면을 벗겨 버렸다.

에릭은 슬픔과 분노로 가득 찬 비명을 질러 댔고, 크리스틴은 마침내 끔찍한 얼굴을 보고야 말았다.

그의 눈과 코와 입이 있어야 할 자리가 움푹 패어 있었는데, 그는 그 검은 구멍들을 분노로 일그러뜨리면서 크리스틴에게 다가와 저주를 퍼부었다.

"자, 보시오! 내 모습을 보고 싶은 것 아니었소? 에릭의 얼굴

을 보라고! 이제 당신은 목소리의 얼굴을 알게 되었군! 축하해, 당신은 축복받은 거야. 어떤 여자라도 나를 한 번 보게 되면 내 것이 되고 말지! 내가 바로 승리한 돈 후안이니까!”

그는 크리스틴의 손을 자신의 얼굴로 가져가 그녀의 손끝으로 자신의 살점을 긁기 시작했다. 그의 얼굴은 죽은 자의 것이나 다름없었다.

“난 머리끝에서 발끝까지 죽음으로 만들어졌소. 당신을 사랑하고, 당신 곁을 결코 떠나지 않을 이 사람은 바로 죽은 사람이란 말이오! 당신은 이제 내 곁을 떠나지 못할 거요. 내가 잘생긴 사람이라면, 당신이 다시 돌아올 것을 알기 때문에 떠나는 걸 허락할 수 있소. 하지만 당신은 내 추악한 몰골을 보고 말았소. 다시는 돌아오지 않겠지. 그러니 나는 당신을 이곳에 가둘 수밖에⋯⋯.

크리스틴, 당신은 왜 내 얼굴을 보려고 했소? 내 아버지도 내 얼굴을 보지 않았고, 내 어머니는 이 가면으로 얼굴을 가리라고 했단 말이오!”

에릭은 괴로운 듯 바닥을 뒹굴었고, 뱀처럼 기어 자신의 방으로 들어갔다. 문을 꼭 닫고서 그는 음악을 연주하기 시작했다.

그것은 이제껏 크리스틴이 들어 왔던 것과는 달랐다. 그가 연주하는 ‘승리한 돈 후안’에는 누구도 표현해 낼 수 없는 인간의 슬픔과 고통이 고스란히 담겨 있었다.

크리스틴은 그 황홀한 소리에 이끌려 에릭의 방으로 들어갔다.

"에릭, 겁먹지 말고 당신의 얼굴을 저에게 보여 주세요. 당신은 가장 불행하지만 가장 숭고한 사람이에요. 제가 또다시 당신의 얼굴을 보고 몸서리친다면, 그건 공포 때문이 아니라 당신의 재능 때문일 거예요. 당신은 위대한 천재니까요."

에릭은 기쁨과 슬픔이 교차하는 얼굴로 다시 한 번 크리스틴의 발밑에 앉아 사랑을 고백했다. 크리스틴이 에릭에게 확신을 주니, 에릭은 그녀의 충실한 노예가 되었다.

그는 크리스틴을 배에 태우고 호수에서 놀기도 했고, 나중에는 그녀를 밖으로 데리고 나가기도 했다. 그렇게 그들이 마차를 타고 산책길로 갔을 때, 라울과 마주치게 된 것이었다.

라울의 모습을 본 에릭은 질투심에 불타 어쩔 줄 몰라 했지만, 크리스틴은 라울이 곧 떠날 거라면서 그를 안심시켰다.

2주째가 되던 날, 다시 돌아오겠다는 크리스틴의 말을 믿고 에릭은 그녀를 보내 주었다.

크리스틴은 믿음을 주는 척하며 그럴듯하게 에릭을 속여 자유를 얻은 것이었다.

크리스틴의 끔찍했던 날들에 관해 듣고 난 라울이 고통스럽게 말했다.

"그리고 당신은 정말 되돌아갔었군요."

크리스틴은 애처로운 목소리로 말을 이었다.

"라울, 내 사랑을 의심하나요? 에릭을 찾아갈 때마다 내 공포는 점점 커져만 가요! 만남이 거듭될수록, 그는 평온을 되찾는 것이 아니라 사랑에 불타 어쩔 줄 몰라 해요. 이젠 그러한 사실이 너무나 무서워요!"

"당신이 나를 사랑하는 것은 진실인가요? 크리스틴, 만약 그가 잘생긴 사람이었더라도 나를 사랑했을까요?"

크리스틴은 자리에서 일어나 두 팔로 라울을 감싸 안았다.

"사랑하는 나의 약혼자! 당신을 사랑하지 않는다면, 내 입술을 절대 허락하지 않을 거예요."

크리스틴은 라울에게 깊고 부드러운 입맞춤을 했다.

그러나 잠시 뒤, 두 사람은 갑작스럽게 밀려오는 공포의 기운을 느끼고 필사적으로 달아나기 시작했다. 그들이 이른 곳은 극장의 8층이었다.

그때 두 사람 앞에 검은 그림자가 나타났다.

사라진 크리스틴

그날 밤 오페라 극장에는 공연이 없었기 때문에 복도는 텅 비어 있었다. 라울과 크리스틴은 정신없이 달렸다.

그때, 어디선가 낯선 그림자가 다가와 그들의 앞을 가로막았다.

"아니에요, 이 길이 아닙니다! 어서 날 따라오세요! 빨리 움직여요!"

라울은 다급한 마음에 남자의 뒤를 무작정 따라갔다. 그리고 그들은 분장실 앞에 이르렀다.

라울은 그가 누구인지 몰랐다.

"도대체 저 사람은 누구요?"

"저 사람은 페르시아 인인데, 에릭을 잘 알고 있어요. 하지만 나쁜 사람은 아니에요.”

아래층으로 계속 내려가면서 라울이 다시 입을 열었다.

“안 되겠소. 지금 당장 떠나기로 합시다. 그는 분명히 우리가 하는 말을 다 들었을 거요.”

“아니에요. 에릭은 지금 ‘승리한 돈 후안’을 작곡하느라 우리에게 별 관심이 없을 거예요.”

크리스틴은 라울과 함께 분장실로 돌아왔다.

그때 갑자기 크리스틴의 얼굴이 하얗게 질리더니, 온몸을 부들부들 떨면서 겁에 질린 표정으로 말했다.

“아, 어쩌면 좋아! 에릭, 에릭! 제발 용서해 주세요!”

“크리스틴, 왜 그래요?”

“그 사람이 준 금반지를 잃어버렸어요.”

“역시 그 반지는 에릭이 준 것이었군.”

“자유를 주는 대신, 그 반지를 늘 손가락에 끼고 있어야 한다고 했어요. 만약 반지를 빼 버리면 엄청난 복수를 한댔어요.”

그들은 서둘러 반지를 찾아보았지만 어디에도 없었다. 크리스틴은 불안한 마음을 진정시키지 못했고, 보다 못한 라울이 지금 당장 도망을 가자고 했지만 크리스틴은 끝내 안 된다고 말했다. 그러면서 라울을 서둘러 떠나보냈다.

집으로 돌아온 라울은 잠자리에 들면서 굳게 다짐했다.

"반드시 크리스틴을 구해 내고 말 것이다. 에릭, 이 사기꾼아!"

어둠 속에서 라울이 소리쳤다.

그런데 갑자기 온몸이 오싹해지는 것을 느낀 라울이 자리에서 벌떡 몸을 일으켰다. 그의 침대 발치에서 활활 타오르는 불덩이 같은 두 눈이 라울을 노려보고 있었던 것이다.

라울은 떨리는 손으로 램프에 불을 붙였고, 방 안에 불이 들어오는 순간 두 눈이 사라졌다.

그는 에릭의 눈이 어둠 속에서만 보인다고 했던 크리스틴의 말이 떠올랐다.

그래서 다시 용기를 내어 불을 껐다. 그러자 두 눈이 다시 나타났다.

라울은 권총을 꺼내 든 다음 붉은 두 눈을 향해 발사했다. 온 집 안에 총성이 울려 퍼졌다. 동시에 빛나던 두 눈도 사라져 버렸다.

그러자 곧 라울의 형 필립 백작과 시종들이 달려왔다. 백작은 극도로 흥분해 있는 라울을 진정시키느라 부산했다. 발코니로 나간 라울은 핏자국을 발견했다.

"이건 방금 전 총에 맞은 유령이 흘린 피예요."

"정신 좀 차려, 라울! 피를 흘리는 유령이라니……."

필립 백작은 정신 나간 사람처럼 중얼거리는 라울의 어깨를 흔들어 대며 크게 소리를 질렀다.

"형님도 피가 보이지요? 꿈을 꾸고 있었던 게 아니에요. 그것은 에릭이었어요. 내 총을 맞고 사라졌다고요. 여기에 그의 핏자국이 있잖아요!"

"도대체 에릭이 누구냐?"

"제 사랑의 경쟁자예요. 만약 그가 죽지 않고 살아 있다면 참으로 유감스러운 일이지요. 저는 크리스틴을 구해야만 해요. 오늘 밤, 크리스틴을 데리고 떠나겠습니다."

다음 날, 아침 신문에는 오페라 극장의 프리마 돈나 크리스틴 다에와 라울 드 샤니 자작이 결혼을 약속했다는 기사가 실렸다.

"읽어 봐라! 네 행동 때문에 우리 집안이 세간의 웃음거리가 되었다. 오늘 밤에 그 여자와 함께 떠나는, 그런 바보 같은 짓을 정말로 하진 않겠지? 내가 그렇게 하도록 내버려 두지 않겠다!"

"그래도 저는 떠나겠어요. 형님……, 안녕히 계십시오."

백작이 라울을 말렸지만, 라울은 다른 말은 하지 않은 채 그저 작별 인사만 남기고 방에서 나갔다.

라울은 그날 온종일 도망갈 준비를 하느라 몹시 분주했다.

그날 밤, 여행 준비를 마친 마차 한 대가 오페라 극장 앞에 섰다.

그 옆에는 카를로타와 소렐리 그리고 필립 백작의 마차도 나란히 서 있었다.

그때 기다란 검은 망토를 걸치고 검은색 중절모를 쓴 그림자 하나가 마차들 사이로 다가와 한참을 살피더니, 한마디 말도 없이 사라져 버렸다. 분명 오페라의 유령이었다.

그날 오페라 극장은 사람들로 가득 차 있었다. 아침 신문 기사 덕분에, 샤니 가문과 여가수를 둘러싼 이야기를 알게 된 관객들이 크리스틴의 노래가 울려 퍼질 때마다 흘끗흘끗 필립 백작을 쳐다보며 끝없이 소곤거렸다.

크리스틴은 그날의 마르게리트였다. 하지만 그녀는 관객들 사이에서 감도는 적대감을 느끼고 점점 자신감을 잃어 갔다.

막이 끝나 갈 즈음 카를로타가 괴성을 냈던 바로 그 장면에서, 카를로타가 중앙에 있는 로열석으로 걸어가는 것이 보였다. 카를로타의 얼굴에는 거만한 표정이 감돌고 있었다.

크리스틴은 자신의 영혼을 다 바쳐 노래를 불렀다. 지금까지 저지른 실수를 만회하기 위해 최선을 다했고, 마침내 그것은 대성공을 거두었다.

관객들의 마음을 다시 사로잡는 데 성공한 크리스틴이 마지막 장을 노래 부르기 시작했다.

크리스틴이 '내 영혼은 그대와 함께 쉬고 싶어요'라는 대목을 노래할 때였다. 갑자기 무대가 칠흑같이 캄캄해지더니, 이내 환해졌다. 그런데 크리스틴 다에가 사라지고 무대에 없는 것이었다.

"여배우가 없어졌다!"

사람들이 웅성거리기 시작했다. 무대에서도 관람석에서도 큰 혼란이 일어났고, 황급히 무대의 막이 내려졌다.

무대를 바라보고 있던 라울의 입에서는 절규에 가까운 비명이 터져 나왔다.

라울은 밖으로 뛰어나갔고, 이어서 필립 백작도 따라 나갔다.

무성한 추측들이 오페라 극장을 뒤덮었다. 무대의 막이 다시 올랐지만, 공연은 계속되지 않았다.

커튼 뒤에는 수많은 사람들이 모여들어 있었다.

그들은 크리스틴이 사라진 것에 관해 웅성거렸다. 누구는 그녀가 라울과 함께 달아났다고 했고, 또 다른 누군가는 카를로타의 술책에 당했다고 했다. 그런가 하면 유령이 그녀를 납치해 갔다고 하는 사람들도 있었다.

중앙 홀 한쪽 구석에서는 합창단 지휘자인 가브리엘과 연출 감독 메르시에, 그리고 감독들의 비서인 레미가 걱정스러운 표정으로 서서 나지막하게 이야기를 나누고 있었다.

"무대 한가운데서 여가수를 납치한다는 건 도무지 있을 수 없는 일입니다."

그때 무대 감독이 말했다.

"무대의 불이 갑자기 나간 이유를 알아보려고 했더니, 모클레르가 보이지 않습니다. 그의 조수들도 온데간데없이 사라졌고요."

조명 책임자인 모클레르는 오페라 극장의 밤과 낮을 마음대로 바꿀 수 있는 사람이었다.

"아무래도 여가수 혼자만 사라진 것이 아닌 것 같습니다. 누군가가 은밀하게 꾸민 일이라는 생각이 들어요. 조명 장치 부근에 누구도 얼씬하지 못하게 해야겠어요."

"경찰 조사를 기다릴 수밖에 없군요."

무대 감독은 어깨를 으쓱해 보이며 멀어져 갔다.

그런데 문제 해결을 진두지휘해야 할 두 총감독의 모습이 보이지 않았다.

"아무리 문을 두드려도 감독님들은 꼼짝도 하지 않으셨어요."

이미 여러 차례 총감독 사무실 문 앞에 서서 문을 열도록 설득했던 비서가 말했다.

"한참 만에 몽샤르맹 씨가 문을 열긴 하셨지만, 잔뜩 화가 나

계셨어요. 대뜸, 옷핀 가진 거 있냐고 물으시더군요. 없다고 했더니 어서 꺼지라고 하시더라고요. 감독님은 소리만 지르셨어요. 옷핀을 가져오라고요. 마침 심부름하던 아이가 옷핀을 가져다 드렸더니 문을 쾅 닫아 버리셨죠. 그게 다예요.”

참다못한 연출 감독 메르시에가 직접 총감독들에게 가 보겠다고 했지만, 가브리엘이 심각한 표정으로 그를 말렸다.

“참게나. 오페라의 유령이 장난을 치고 있는 게 분명해. 감독님들이 그런 행동을 하시는 데는 뭔가 이유가 있겠지.”

“그건 그 사람들 일이지. 진작 내 말을 들었다면, 벌써 오래전에 진상을 밝힐 수 있었을 거야! 미리 경찰에게 알렸어야지!”

메르시에는 그 자리를 떠났고, 비서인 레미가 눈을 동그랗게 뜬 채 물었다.

“무얼 경찰에게 알려야 한다는 거죠? 말씀 좀 해 보세요. 가브리엘 단장님.”

“난 아무것도 몰라. 모르는 얘기야.”

가브리엘은 아무 관심이 없다는 듯 단호하게 말했다.

“왜 총감독님들은 아무도 가까이 못 오게 하시고, 건드리지도 못하게 하시죠?”

“난 모르는 일이야.”

“함께 계셨는데도요? 감독님들은 당신들한테 손도 대지 못하게 하시잖아요. 뒷걸음질까지 치시면서요!"

"그건 또 무슨 소린가? 글쎄, 난 모른다니까."

"중간 휴식 시간에 리샤르 감독님이 휴게실 앞에 계시기에 가까이 갔더니, 몽샤르맹 감독님이 제발 리샤르에게 손대지 말라고 소리치셨어요. 그런데도 모르시겠다고요? 단장님도 보셨잖아요. 그분들이 주위를 둘러보시더니, 분명히 앞에는 아무도 없는데 두 손을 한데 모으고 고개를 숙여 인사한 것 말이에요."

"참 믿기 어렵군. 난 정말 몰라."

"두 사람 다, 뒷걸음질을 치며 감독실까지 올라가셨어요. 제발 저를 놀리려고 하지 마시고, 말씀해 주세요. 이 모든 일에 메르시에 감독님과 단장님도 책임이 있다는 걸 아셔야죠!"

"그게 무슨 말인가?"

화가 잔뜩 난 레미의 말에 화들짝 놀란 가브리엘이 레미의 팔을 잡았다.

"모르는 체하지 마세요. 메르시에 감독님이 지리 부인을 억지로 끌고 가서 사무실에 가두는 걸 봤어요. 단장님도 그분들과 함께 사무실로 들어가셨잖아요."

대화 도중이었는데, 메르시에가 숨을 헐떡거리며 나타났다.

"상태가 더 안 좋아졌어. 아주 중요한 문제라고 했더니, 몽샤르맹 씨가 나왔지. 그는 하얗게 질려 있었어. 내가 크리스틴이 실종되었다고 보고하니까, ‘그거 잘됐군!’ 하면서 이걸 쥐어 줬어.”

메르시에는 손을 펼쳐 옷핀을 내보였다. 셋은 알 수 없는 일이라며 고개를 갸웃거렸다.

그때 갑자기 뒤에서 낯선 목소리가 들려왔다.

“실례합니다. 크리스틴 다에를 찾고 있는데요. 혹시 그녀가 어디에 있는지 아십니까?”

그는 라울이었다.

크리스틴이 모습을 감춘 뒤, 라울은 무대 뒤로 달려가 애타게 그녀의 이름을 불렀다.

“크리스틴! 크리스틴!”

이 모든 일이 에릭이 꾸민 짓이라는 생각이 들었다. 에릭은 분명 라울과 크리스틴의 이야기를 엿들은 게 틀림없었다.

라울은 전날 밤 자기 침대에서 본 두 눈을 떠올렸고, 그가 틀림없이 에릭이었을 거라고 생각했다.

라울은 서둘러서 크리스틴의 분장실로 달려갔다. 문을 열어 보니 크리스틴이 도망갈 때 입으려고 했던 옷들이 보였다. 라울의 두 눈에서는 눈물이 하염없이 흘러내렸다.

“왜 좀 더 일찍 떠나지 못했던 거지?”

라울은 눈물을 흘리며 분장실의 커다란 거울로 다가가 출구를 찾아내려고 이리저리 밀어 보았다. 그러나 거울은 꿈쩍도 하지 않았다.

그때, 마침 라울은 스크리브 거리에서 호수로 이어진다는 비밀 통로가 떠올랐다. 그 문을 통과하면 지하 통로를 지나 호숫가로 갈 수 있다던 크리스틴의 말이 생각났던 것이다.

라울은 무작정 스크리브 거리로 달려 나갔고, 온통 칠흑 같은 어둠에 휩싸인 거리를 헤매고 다녔다. 그러다 다시 오페라 극장 관리실로 들어가 호수로 가는 길을 물어보았지만, 관리인은 라울을 비웃기만 했다. 호수로 가는 문이 어디에 있는지를 아는 사람은 아무도 없었던 것이다.

라울은 어쩔 수 없이 극장 안으로 다시 들어왔고, 그러다 세 사람이 모여 이야기하는 것을 보고는 급히 크리스틴의 행방을 물었던 것이다.

바로 그 순간 또 다른 사람이 나타났다. 그는 수사관 미프루와였다.

"샤니 자작, 만나서 반갑습니다. 잠깐 저와 함께 가실까요? 그런데 총감독님들은 지금 어디에 계십니까?"

미프루와는 라울과 함께 감독실로 올라갔다. 그 사이에 메르시에는 가브리엘에게 이제 그만 지리 부인을 풀어 주라고 슬쩍 말했다.

감독실은 여전히 굳게 잠겨 있었다.

"경찰이오. 명령이니 문을 여시오!"

미프루와가 사무실 문을 두드리며 소리를 지르자 마침내 문이 열리고, 사람들은 사무실 안으로 몰려 들어갔다.

뒤에 서 있던 라울이 방으로 들어가려던 순간, 누군가가 그의 어깨에 손을 얹으며 나지막이 말했다.

"에릭의 비밀은 다른 사람이 상관할 바가 아닙니다."

라울이 놀라 뒤를 돌아보니 검은 피부에 푸른빛이 감도는 눈, 그리고 머리에 이국적인 모자를 쓰고 망토를 걸친 사람이 서 있었다. 그는 얼마 전에 보았던 페르시아 인이었다.

페르시아 인은 라울에게 조용히 하라는 손짓을 해 보인 다음, 신중하게 행동하라는 말을 덧붙이고 순식간에 사라져 버렸다.

돈 봉투의 행방

오페라의 주인공이 사라졌는데도 아랑곳하지 않고 감독들은 미친 듯이 옷핀만 찾았는데, 거기에는 그럴 만한 이유가 있었다.

그날, 총감독들은 아침 일찍 유령에게 편지를 또 받았다.

2만 프랑을 지리 부인을 통해 2층 5번 관람석에 갖다 놓으라는 내용이었다.

사실 총감독들은 지난달에도 오페라의 유령에게서 돈을 갖다 놓으라는 편지를 받은 적이 있었다.

그때까지만 해도 두 사람은 이 모든 일이 전임 총감독들의 짓이라고 생각했기 때문에, 가브리엘과 메르시에게 모든 것을 털어놓았고 이번에야말로 꼭 공갈 사기범을 잡고야 말겠다고 결심했다.

그들은 돈을 전달하기로 한 지리 부인을 철저히 감시했다.

지리 부인은 감독들에게 돈을 받자마자 2층 5번 관람석에 있는 선반 위에 돈을 가져다 놓았고, 공연이 진행되는 동안 감독들은 그 돈에서 눈을 떼지 않았다.

하지만 아무리 기다려도 유령은 나타나지 않았고, 봉투도 사라지지 않았다. 그들은 오페라가 끝난 다음, 서둘러 달려가서 봉투를 확인했다. 봉투는 누구도 연 흔적이 없었다. 그러나 그 안에는 진짜 돈 대신 가짜 돈이 들어 있는 것이었다.

그들은 그 모든 위험한 장난들을 전임 감독들의 짓이라고 생각했지만, 몽샤르맹은 또 다른 가능성을 생각해 보았다. 평소 엉뚱한 일을 곧잘 하던 리샤르에 대해 의심이 생기기 시작한 것이었다. 그러나 함부로 의심할 수는 없는 노릇이었다.

한 달이 지나고, 드디어 유령에게 송금해야 하는 날이 되었다. 크리스틴이 사라지던 바로 그날이었다.

두 감독들은 또다시 유령에게서 지리 부인에게 돈을 건네주라는 편지를 받았다. 그들은 공연이 시작되기 바로 전, 봉투에 2만 프랑을 넣고 지리 부인을 불렀다.

"지리 부인, 이 봉투에 무엇이 들어 있는지 알고 있소?"

"아니요. 그걸 제가 어떻게 알겠어요?"

"우리끼리니까 솔직히 말해 보시오. 지리 부인! 당신도 이미 알고 있었잖소?"

"제가 알고 있었다고요? 무슨 말씀이시죠?"

"이제 연기는 집어치워요! 우리, 그 사람 이름이나 들어 봅시다. 당신과 짜고 매달 2만 프랑을 우리에게서 가져가는 그 못된 작자 말이오!"

"짜다니요! 저는 아무것도 몰라요."

"이봐요, 유령의 친구! 당신이 번번이 유령에게 가져다주는 2만 프랑이 든 봉투가 감쪽같이 사라졌다고. 우리는 당신을 체포할 수밖에 없어. 당장 경찰을 불러야 해! 당신은 도둑이니까!"

지리 부인은 깜짝 놀라 소리쳤다. 그녀는 봉투 안에 무엇이 들어 있는지를 몰랐기 때문에 너무도 억울했던 것이다.

"제가 도둑이라고요? 이런 모욕적인 말은 생전 처음 들어보겠네! 그 돈이 사라진 것에 관해서는 저보다 리샤르 씨가 더 잘 아시잖아요!"

리샤르는 매우 당황해 하며 물었다.

"내가 말이오? 내가 어떻게, 뭘 안다는 거요?"

리샤르가 당황하자, 몽샤르맹은 의심의 눈초리로 리샤르를 노려보고 나서 지리 부인에게 소리를 질렀다.

"아는 대로 다 말하시오, 지리 부인!"

"그 돈은 분명 리샤르 씨의 주머니로 들어갔으니까요. 물론 그렇게 한 건 저고요."

"말도 안 돼! 나는 그날, 5번 관람석에서 돈 봉투를 감시하고 있었어!"

"그 봉투는 유령이 제게 미리 준 것이었어요. 저는 옷 속에 감춰 놓았던 그 봉투를 진짜 돈 봉투 대신 관람석에 놓아두었거든요. 그리고 다음 날, 대기실에서 리샤르 씨 주머니에 돈 봉투를 넣어 두었죠."

"어떻게 그런 일이……."

억울해 죽겠다는 표정을 짓는 리샤르의 얼굴이 붉으락푸르락해졌다. 지리 부인은 리샤르를 비웃었고, 몽샤르맹은 불쾌하다는 듯이 리샤르를 쳐다보았다. 동료에게 의심을 사게 된 리샤르는 정말이지 미칠 지경이었다.

"대단해! 훌륭한 속임수야! 오페라의 유령은 정말 대단해! 이 교활한 여자를 이용해 나를 감쪽같이 속이다니! 그러고 나서 오페라의 유령이 직접 내 주머니에서 돈을 가져갔군. 정말 멋진 솜씨야!"

"그렇군, 정말 대단하군. 멋진 솜씨이고말고!"

몽샤르맹도 맞장구를 쳤지만, 리샤르에 대한 의심을 거두지 않았다. 결국 리샤르는 2만 프랑이 사라졌던 그날 저녁에 자신이 했던 모든 동작을 몽샤르맹 앞에서 그대로 되풀이해야 했다. 그러다 보니 비서 레미가 그들의 이상한 행동을 목격하고 고개를 갸웃거릴 수밖에 없었던 것이다.

몽샤르맹이 지켜보는 가운데, 지리 부인이 2만 프랑을 리샤르의 호주머니 속에 집어넣어 보기로 했다. 지리 부인은 리샤르에게 몸을 스치더니 봉투 하나를 그의 코트 호주머니에 슬쩍 밀어 넣고 사라졌다. 그런 다음에는, 감독의 지시를 받은 메르시에와 가브리엘에 의해 사무실에 갇혀 버리고 말았다. 지리 부인이 유령에게 모든 사실을 알려 줄 수 없게 하기 위해서였다.

리샤르는 그날처럼, 만났던 사람들을 일일이 떠올리며 악수를 하고 인사를 했다. 물론 리샤르 앞에는 아무도 없었다. 몽샤르맹은 리샤르의 뒷주머니에서 한시도 눈을 떼지 않으면서, 리샤르가 하는 행동을 그대로 따라 했다. 누구라도 자신들을 건드리면 안 되었기 때문에, 제발 가까이 오지 말라고 부탁까지 했다. 둘의 모습은 정말이지 우습기 짝이 없었다.

그들은 뒷걸음질 치며 감독 사무실로 들어갔다. 몽샤르맹이 리샤르의 뒤에서 경계의 시선을 거두지 않은 채 먼저 들어갔다. 그들은 그날처럼, 자정 무렵 집으로 갈 때까지 사무실에 있기로 했다. 그러고는 가브리엘과 메르시에에게 아무도 그들을 방해

하지 않도록 하라고 미리 지시를 해 뒀다.

"혹시 말이야, 내가 집으로 가는 도중에 도둑맞은 게 아닐까?"

"이봐, 리샤르. 그건 불가능한 일이야. 내가 직접 마차에 태워 집까지 데려다 주지 않았나? 그렇다면 2만 프랑은 자네 집에서 사라진 걸 거야."

"내 하인들이 손을 댔을 리가 없어! 너무 갑갑하고 피곤하군."

"나 역시 마찬가지야. 그러니 제발 엉뚱한 장난은 그만 치지, 리샤르!"

"자네는 나를 의심하는 건가? 어떻게 나를 의심할 수 있지? 그러고 보니 그때 내 곁을 한시도 떠나지 않은 사람은 자네밖에 없어. 혹시 자네가 가져간 게 아닌가? 말해 봐!"

두 감독은 서로에 대한 의심으로 가득 차 펄쩍 뛰며 소리쳤다.

"좋아! 그렇다면 당장 옷핀을 가져와. 돈을 자네 옷에 고정해 놓아야겠어. 누군가 그걸 건드리면 금세 알아차릴 수 있겠지!"

그때 레미가 문을 두드렸다. 몽샤르맹은 문을 열고 레미에게 소리쳤다.

"옷핀 있나? 옷핀을 가져와! 누구든 나한테 옷핀 좀 갖다 달라고!"

그녀가 옷핀이 없다고 하자, 몽샤르맹은 화를 내며 막무가내로 소리쳤다. 마침 심부름하는 소년이 지나가다가 옷핀을 가져다주자, 대꾸 없이 문을 쾅 닫아 버렸다.

리샤르의 주머니에는 2만 프랑이 고스란히 들어 있었고, 몽샤르맹은 리샤르의 주머니에 다시 돈을 넣은 다음 옷핀으로 그것을 고정했다.

"이제 곧 열두 시가 될 테니 조금만 참게. 지난번에도 열두 시에 자리를 떴거든."

몽샤르맹은 리샤르의 뒤에 앉아 호주머니에서 시선을 떼지 않은 채 말했다.

"정말 돈이 없어지면 어쩌지? 그렇다면 우리는 유령의 존재를 믿게 될 텐데……. 그렇다면 결국, 결국 유령이 있다는 것을 믿을 수밖에 없잖은가……."

시간은 느리게 흘렀고, 리샤르가 말하는 동안 자정을 알리는 종소리가 울렸다. 그들은 시계를 바라보며 긴장했고, 시계가 종을 모두 치자 둘은 안도의 한숨을 내쉬며 의자에서 일어났다. 비로소 이 우스꽝스러운 짓을 그만둘 수 있었기 때문이다.

"이제 끝난 건가?"

리샤르가 묻자, 몽샤르맹이 고개를 끄덕였다.

"하지만 자리를 뜨기 전에 자네 주머니를 봐도 괜찮겠나?"

“암, 그래야 하고말고!”

몽샤르맹이 다가와 리샤르의 주머니를 더듬었다.

“어떤가?”

“있어. 옷핀이 느껴지는군.”

거칠게 호주머니를 뒤적이던 몽샤르맹의 얼굴이 갑자기 하얗게 질려 버렸다.

“없어! 옷핀은 있는데 지폐가 만져지지 않아!”

“뭐라고?”

리샤르는 코트를 벗고 주머니를 탈탈 털어 보았지만 그 안에는 옷핀밖에 없었다.

“말도 안 돼!”

“오페라의 유령이……?”

감독들은 어이가 없어서 거의 기절할 지경이었다.

“내 주머니에 손댄 사람은 오직 자네밖에 없어. 어서 2만 프랑을 내놓으란 말이야. 내 돈 내놓으라고!”

“나를 의심하다니……! 내 영혼을 걸고, 나는 결코…….”

두 감독은 제정신이 아닌 상태에서 횡설수설했다.

그때 메르시에가 들어왔고, 메르시에가 무슨 말인가를 했지만 몽샤르맹한테는 아무 소리도 들리지 않았다. 그리고 그는 메르시에에게 자신이 갖고 있던 옷핀을 쥐어 주었다.

엉뚱한 추리

"크리스틴 다에 양이 이곳에 있습니까?"

수사관 미프루와가 총감독 사무실로 들어와서 구석구석 살피며 물었다.

"아니요. 왜 그러시오? 그녀를 왜 여기서 찾죠?"

이미 귀신에 홀린 듯한 일을 겪은 몽샤르맹은 대답할 기운조차 없는 듯했고, 대신에 영문을 모르는 리샤르가 되물었다.

"크리스틴 다에가 공연 도중 사라졌소."

미프루와의 말에 감독들은 어안이 벙벙해졌다.

"이거 정말 사람 미치게 만드는군! 그렇다면 당장 해고해야 되겠군……."

그러자 미프루와가 빈정거리듯 말했다.

"감옥 장면에서 하늘을 향해 기도하다가 사라졌다고 하더군요. 혹시 천사들이 데려간 건 아닐까요……?"

그때 창백한 표정의 라울이 떨리는 목소리로 불쑥 끼어들었다.

"저는 알아요! 크리스틴이 어디 있는지……."

그 말에 미프루와가 라울에게 물었다.

"어디에 있다는 거요?"

"크리스틴은 천사에게 납치되었다고 확신합니다. 그리고 그 천사의 이름까지 알고 있습니다."

그 말을 하고 나서 라울이 미프루와에게 단둘이 이야기를 나누고 싶다고 했다. 그러자 미프루와는 두 감독만 남겨 놓고 나머지 사람은 모두 문밖으로 내보냈다.

"말씀해 보시오, 샤니 자작."

"그 천사의 이름은 '에릭'이라고 합니다. 그는 '음악의 천사'라고도 불리는데, 이 오페라 극장 지하에 살고 있는 유령입니다. '오페라의 유령'이라고도 하지요. 크리스틴은 바로 이 오페라의 유령에게 납치된 겁니다."

"오페라의 유령?"

미프루와가 성가시다는 얼굴로 라울에게 되묻자, 감독들이 눈을 동그랗게 뜨고 라울을 바라보았다.

"분명 오페라의 유령 짓입니다. 하지만 그의 진짜 이름은 에릭이지요. 감독님들도 그를 아실 거예요."

라울의 말에 미프루와가 감독들을 돌아보았다. 그러자 리샤르는 말도 안 된다고 손을 저으며 말했다.

"우린 아무것도 몰라요. 다만 그 작자가 우리 돈 2만 프랑을 훔쳐 간 건 확실합니다!"

"저분들은 '오페라의 유령'에 관해서만 알고 있습니다. 그 유령이 바로 제가 말한 '음악의 천사'입니다. 그리고 그의 이름은 '에릭'이고요."

미프루와는 라울과 총감독들을 번갈아 보며 혹시 자신이 정신 병원에 와 있는 것은 아닐까 하는 생각을 했다. 그로선 정말 어처구니없는 상황과 부딪쳤기 때문이다.

그때 리샤르는 몽샤르맹을 날카롭게 쏘아보았다.

'돈을 내놓지 않으면 이 자리에서 당장 불어 버릴 거야.'

이런 리샤르의 속마음을 몽샤르맹이 눈치채지 못할 리가 없었다.

몽샤르맹은 리샤르를 향해 어깨를 으쓱해 보이며 속으로 이렇게 말했다.

'얘기하려면 얼마든지 해.'

그때 미프루와가 그곳에 있는 사람들을 둘러보며 말했다.

"좋습니다. 사라진 여인의 문제를 해결한 뒤, 2만 프랑 문제
를 해결하기로 하지요. 샤니 자작, 그 에릭이라는 사람을 만난
적이 있습니까?"

"교회 묘지에서 봤습니다."

"그렇군요. 교회 묘지라……. 그런 곳에선 유령이 나올 수도
있지요. 그런데 그곳엔 왜 갔습니까?"

"오페라의 유령에 관해 제가 알고 있는 모든 것을 털어놓을
수밖에 없겠군요."

미프루와는 그렇게 말하는 라울의 얼굴을 뚫어지게 쳐다보
았다.

라울은 그가 자기 말을 믿지 못할 거라는 걸 알면서도 이제
껏 있었던 일들을 하나하나 얘기하기 시작했다. 그러나 미프루
와와 두 감독은 라울의 말을 건성으로 들었으며, 라울이 여자에
빠져 미친 거라고 생각했다.

그때, 한 남자가 감독실 안으로 들어오더니 미프루와에게 다
가가 귓속말을 했다. 그는 미프루와에게 중요한 메시지를 전달
하러 온 탐정이었다.

미프루와는 이야기를 듣는 내내 라울에게서 눈을 떼지 않았다.

귓속말이 끝나자, 미프루와가 라울에게 말했다.

"샤니 자작! 유령 이야기는 그만두고, 이제 당신 이야기 좀

합시다. 오늘 밤에 당신이 크리스틴 다에와 떠나려고 했다는데, 그게 사실이오?"

"네, 맞습니다."

"거리에 당신의 마차를 대기해 놓았다는데, 그것도 사실입니까? 거기에는 자작의 마차 말고도 석 대가 더 있었지요. 카를로타와 소렐리 그리고 당신의 형, 필립 백작의 것까지……. 하지만 지금은 필립 백작의 마차가 사라졌다는군요."

라울은 미프루와가 하는 말을 이해하지 못했기에, 이렇게 물었다.

"아니, 그것이 무슨 문제가 되나요?"

"필립 백작은 그 계획에 반대하지 않았습니까? 필립 백작은 당신과 크리스틴 다에의 결혼을 반대했다고 하던데요?"

"그건 집안 문제입니다. 그리고 이 사건과 아무 관계가 없어요."

"이봐요, 정신 차리시오. 크리스틴 다에를 데리고 떠난 건 바로 당신의 형이란 말입니다! 당신네 그 대단한 가문은 당신이 오페라 극장의 여가수와 맺어지는 걸 원치 않았을 테지."

"그럴 리가 없어요! 형이 크리스틴을 데리고 떠났다는 무슨 증거라도 있나요?"

라울은 온몸의 힘이 모두 빠져나가는 것 같았다.

"마차가 기다리고 있던 곳에서 백작의 마차만 사라졌다는군 요. 크리스틴 다에가 사라진 다음, 백작이 허둥지둥 마차에 올 라 파리 시내를 가로질러 가는 걸 본 사람이 있어요. 물론 백작 이 어떻게 크리스틴 다에를 납치했는지는 아직 밝혀지지 않았 지만 말이오."

라울은 크리스틴을 반드시 찾아내고 말겠다고 소리치며 사 무실 밖으로 뛰쳐나갔다.

"이제 형을 뒤쫓는 샤니 자작만 좇으면 되겠군."

미프루와는 라울의 뒷모습을 바라보며, 자신의 훌륭한 추리 에 만족했다.

오페라 극장 지하의 비밀

"자작 선생, 어디를 그렇게 급하게 가십니까?"

복도 끝에 다다랐을 때, 라울은 깜짝 놀라 걸음을 멈추었다. 누군가가 그의 앞을 가로막았기 때문이다. 그는 바로 페르시아 인이었다.

"크리스틴을 찾으려요. 내 형이 그녀를 납치해 갔다고 하는군요."

"말도 되지 않는 소리! 자작 선생도 잘 아실 텐데요. 이곳을 떠나지 마세요. 크리스틴 양은 이곳에 있으니까요."

"맙소사! 에릭이 크리스틴을 납치해 간 게 분명해! 그렇죠?"

페르시아 인은 고개를 끄덕이며 은밀한 목소리로 자신을 따라오라고 했다.

페르시아 인은 라울이 한 번도 가 본 적 없는 미로 같은 길을 따라 성큼성큼 걸어 나갔다.

"자작 선생, 그의 이야기를 누구한테 한 적 있습니까?"

"네, 하지만 아무도 에릭에 관한 이야기를 믿지 않았어요. 어찌되었든 당신만 믿겠소. 나를 믿어 주는 사람이 당신밖에 없는데, 내가 어떻게 당신 말을 믿지 않을 수 있겠습니까?"

"쉿! 조용히 하십시오!"

앞서 가던 페르시아 인이 황급히 라울에게 다가가 조용히 하라고 주의를 주었다. 그러고는 걸음을 멈춘 다음 한동안 움직이지 않은 채 주위를 살폈다.

"그는 어디서건 우리의 목소리를 들을 수 있습니다. 이곳에서는 그의 이름을 입에 올리면 안 됩니다. 그냥 '그 사람'이라고 말합시다. 그래야 그의 관심을 끌 위험이 적을 테니까요. 그의 신경을 건드리지 말자는 얘기입니다."

라울은 고개를 끄덕였고, 페르시아 인을 따라 계단을 몇 차례 오르내렸다. 그들이 한참을 걸어 도착한 곳은 크리스틴의 분장실이었다.

페르시아 인은 라울과 함께 분장실로 들어갔다. 그는 그곳의 한쪽 벽을 다 차지하고 있는 거울 앞에서 한동안 머뭇거렸다.

그러고 나서 칸막이 벽 앞으로 다가가 헛기침을 했다. 그러자 그곳에서 인기척이 나더니, 페르시아 인의 하인이 들어와 그에게 권총 두 자루를 주고 돌아갔다.

"이게 다 무슨 일이죠?"

페르시아 인이 라울에게 권총 한 자루를 쥐어 주며 말했다.

"제 말을 잘 들으십시오. 지금부터 우리는 그의 세계로 들어갈 겁니다. 자, 한 자루를 잡으십시오. 언제라도 쏠 준비가 돼 있어야 합니다. 긴장을 늦추지 마십시오. 아시겠습니까?"

라울은 총을 받아 들었다.

"저 거울을 통해 가는 겁니까?"

"그렇습니다. 저 거울이 움직이면 우리는 안으로 들어가는 겁니다."

라울은 그제야 언젠가 벽 속에서 들리던 목소리에 홀려 거울 속으로 사라져 버린 크리스틴의 일을 이해할 수 있었다.

"대체 누가 이런 장치를 해 놓은 겁니까?"

"그의 짓입니다. 오페라 극장은 그가 만든 거대한 성이지요. 그는 구석구석 자기만 아는 비밀의 문과 방을 만들어 뒀습니다. 아시겠습니까? 단단히 준비를 해야 합니다."

라울이 뭐라고 대꾸하려던 순간, 벽인 줄만 알았던 거울 벽면이 삐거덕 소리를 내며 움직이기 시작했다.

그러자 페르시아 인이 라울에게 다시 한 번 권총을 잘 들고 있으라고 주의를 주었고, 그들은 곧 칠흑같이 캄캄한 어둠 속으로 발을 들여놓았다.

거울이 회전문처럼 중앙을 축으로 빙그르 돌더니, 라울과 페르시아 인을 안으로 들여보냈다. 그러고는 이내 시치미를 뚝 떼고 처음처럼 다시 벽이 되어 버렸다.

"저를 따라오세요. 제가 하라는 대로 하십시오."

페르시아 인이 등불을 들고 앞서 걸어갔다. 라울도 조심스럽게 뒤를 따랐다. 어느 지점에 이르자, 페르시아 인이 갑자기 등불을 끄더니 마룻바닥을 더듬으며 무엇인가를 찾았다.

페르시아 인은 마룻바닥에 나 있던 뚜껑 문을 열고 구멍 아래의 지하실로 내려갔다. 라울도 뒤를 따랐다. 그들이 내려간 곳은 어느 방으로 통하는 작은 계단 바로 옆이었다.

그 순간, 위에서 수사관 미프루와의 목소리가 들려왔다. 라울과 페르시아 인은 널빤지 벽 뒤에 숨어 있는 셈이었다.

그들 바로 옆에 있는 비좁은 계단은 어느 방과 통하게 되어 있었는데, 들리는 소리로 보아 미프루와가 왔다 갔다 하며 질문을 퍼붓는 것 같았다.

그런데 문득 라울의 시야에 조명 담당 모클레르와 그의 조수들이 쓰러져 있는 것이 보였다. 라울은 기절할 듯이 놀라, 하마

터면 비명을 지를 뻔했다.

그러나 페르시아 인이 저지하여, 간신히 참으면서 들키지 않기 위해 몸을 낮춘 채 그들의 말에 귀를 기울였다.

무대 감독이 수사관인 미프루와에게 조명 장치에 대해 추궁을 받는지, 쩔쩔매는 목소리가 또렷하게 들려왔다.

미프루와는 한동안 전기 장치와 그 부속 시설을 둘러보는 모양이었다.

이 무렵에는, 전기를 일부 장면의 효과나 신호에 이용했으며, 가스를 무대 장치의 조명에 사용했다.

조명 책임자는 자리에 앉아 기술자들을 지시하며 감독하게 되어 있었다. 그런데 그 자리를 지켜야 할 책임자인 모클레르는 물론이고 다른 조수들도 통 눈에 띄지 않았던 것이다.

무대 감독이 조명 책임자를 찾느라 쩌렁쩌렁한 목소리로 소리를 질렀지만, 아무런 대답도 들리지 않았다.

조명 감독을 찾던 미프루와가 좁은 계단과 연결되어 있는 방문을 열었다. 그런데 뭔가에 막힌 듯 잘 열리지 않자 소리쳤다.

"이봐요, 이 문이 왜 열리지 않는 거요?"

무대 감독이 다가와서 문을 어깨로 힘껏 밀자, 그제야 문이 힘겹게 열렸다.

그런데 문이 열림과 동시에 사람들이 일제히 비명을 질러 댔다.

"모클레르다!"

"아니, 왜 여기에 있는 거지?"

"죽었나 봐. 그런 줄도 모르고……."

미프루와가 허리를 굽혀 살펴보더니 입을 열었다.

"죽진 않았군. 누군가가 마취제를 먹인 모양이오."

몇 계단을 더 내려간 미프루와는 늘어져 있는 또 다른 사람들을 발견했다. 모클레르의 조수들이었다.

미프루와가 그들을 살펴보며 말했다.

"지독하게도 취했군. 조명 작업 도중에 누군가가 침입하여 이렇게 만들어 놓은 것 같소."

미프루와는 극장 전속 의사를 부르라고 소리치고 나서 혼잣말로 중얼거렸다.

"그것 참 이상하군. 뭐가 뭔지 도무지 알 수가 없어……."

미프루와는 작은 방으로 다시 돌아가더니 누군가에게 말했다.

"아직까지 아무런 말도 하지 않은 것은 당신들뿐이오. 무언가 짐작되는 게 있지 않소?"

라울과 페르시아 인의 눈에 층계참으로 내려오고 있는 두 감독의 얼굴이 언뜻 보였다.

"이곳에서는 우리가 도무지 이해할 수 없는 일들이 일어나고 있어요."

몽샤르맹의 말에 이어서 무대 감독의 목소리가 들렸다.

"모클레르가 잠을 잔 것은 처음이 아닙니다. 어느 날 밤에는 자리에 앉아 코담뱃갑을 놔둔 채로 곯아떨어진 적도 있었어요. 아, 맞아요! 카를로타가 꽥꽥거리며 두꺼비 같은 소리를 지르던 날도 그랬어요."

"모클레르가 코담배를 즐기는 편인가요?"

"코담배꾼이에요."

"나랑 비슷하군요."

미프루와가 히죽 웃으며 말했다.

무대 장치 기술자들은 축 늘어진 채 쓰러져 있는 사람들을 끙끙거리며 옮겨 갔고, 미프루와는 그 뒤를 따랐다.

모두 방을 빠져나가고 난 뒤 아무 소리도 들려오지 않자, 페르시아 인이 라울에게 몸을 일으켜도 된다는 신호를 보냈다. 라울은 페르시아 인의 지시에 순순히 따랐다.

"제가 항상 머리 위로 손을 치켜들고 총을 쏠 자세를 취하라고 하지 않았습니까?"

"그러면 팔만 아프잖소. 그렇게 하다가 총을 쏜다 해도 잘 맞힐지 의문이군요."

페르시아 인이 따끔하게 주의를 주자, 라울이 못마땅한 듯 퉁명스럽게 대구했다.

"제가 시키는 대로 하기 싫다면, 더는 말하지 않겠습니다. 목숨이 달린 문제이니 알아서 하십시오. 지금 뭘 하고 있습니까? 빨리빨리 따라오지 않고……!"

페르시아 인이 잔뜩 화가 난 목소리로 말했다.

잠시 뒤, 두 사람은 지하 2층에 와 있었다. 그렇지만 유리병 안에 든 희미한 램프 빛에 의지해서 암흑세계를 샅샅이 살핀다는 것은 불가능했다.

오페라 극장의 지하는 모두 다섯 개의 층으로 이루어져 있었다. 그곳은 지상 세계에서는 상상조차 하기 힘들 만큼 비밀스럽고 신비한 공간이었으며, 무시무시하면서도 이상야릇한 소리들이 떠돌고 있었다.

그곳은 뚜껑 문과 빗장들로 가득했고, 무대 배경을 옮길 수 있게 만든 바닥의 홈은 레일로 이루어져 있었다. 그리고 천장을 가로지르는 골조는 무대를 열고 닫는 장치들을 지탱하는 것이었다.

기둥들은 쇠나 석재로 이루어져 있었는데, 여러 시설을 골고루 갖추고 있어서 큼직한 무대 장치를 이동시키거나 인물이나 장면이 갑자기 사라지고 나타나는 효과를 낼 때 쓰이는 것이었다.

그러고 보면 무대 밑의 세계는 혐오스런 마녀를 아름다운 요정으로 변하게도 하고, 악마를 탄생시키거나 몰락시키기도 하는 곳이었다.

라울은 왜 권총 쏘는 자세를 취해야 하는지도 굳이 알려고 하지 않았다. 그저 페르시아 인이 시키는 대로 엉거주춤하게 팔을 치켜들고 뒤를 따랐다.

'이렇게 복잡하고 캄캄한 암흑 속에서 페르시아 인마저 없다면 어떻게 되었을까?'

얽히고설킨 밧줄 꾸러미와 무대 장치들 때문에 라울은 쉴 새 없이 넘어지고 부딪쳤을 것이다. 아니면 철근 골조물에 빠져 영영 갇힌 신세가 되었을지도 모른다. 혹여 무사히 빠져나간다 해도 언제 발밑이 덜컥 열려 어둠 속으로 곤두박질칠지 예측할 수 없는 곳이었다.

라울은 페르시아 인의 말대로 총을 겨눈 자세를 취하고 지하 3층까지 내려갔다. 아래로 내려갈수록 페르시아 인은 더 불안해지는지 더욱더 조심하는 것 같았다. 그러면서 끊임없이 라울에게도 신경을 썼다.

라울이 총 쏘는 자세를 하고 있는지를 살폈으며, 자신도 금세 발사할 수 있도록 손을 들고 나아갔다.

그런데 갑자기 지하실을 쩌렁쩌렁 울리는 목소리가 들려왔다. 두 사람은 기겁을 하며 걸음을 멈췄다.

그 소리는 미프루와가 지르는 고함 소리였다.

"모두 무대 위로 올라오시오! 뚜껑 문 담당자들은 모두⋯⋯."

어둠 속에서 사람들의 발소리가 울려 퍼졌다. 그 순간, 위아래 할 것 없이 오페라용 장식 꾸러미가 이리저리 옮겨지느라고 한바탕 소동이 벌어졌고, 수많은 벽과 뚜껑 문을 닫기 위해 사람들이 부산하게 움직였다. 이들은 과거에는 무대 장치 담당자들이었으나, 나이가 들자 지금은 극장 측의 배려로 문단속 일을 하고 있는 사람들이었다.

마프루와의 명령으로 뚜껑 문 담당자들까지 모두 위층으로 올라가자, 라울과 페르시아 인은 한결 마음이 홀가분해졌다. 지하 여기저기에서 코를 골고 있는 그들이 갑자기 깨어나기라도 하는 날엔 귀찮은 일이 생길 것이 뻔했으니까⋯⋯.

"미프루와의 유별난 수사 덕분에 지하 세계에서 방해를 받지 않고 녀석에게 접근할 수 있게 되었군요."

그렇지만 그것만으로 좋아할 일이 아니었다. 뚜껑 문 담당자들이 올라간 그 길로 다른 그림자들이 밀어닥쳤다. 그들은 손에 램프를 들고 무언가를 찾고 있는 것 같았다.

"이러다간 저들에게 발각되겠습니다. 빨리 여기를 떠납시다! 자작 선생, 팔을 치켜드는 거 잊지 마시고, 발사 자세를 취하십시오. 제가 '발사!' 하고 외칠 때까지 말입니다. 총은 주머니에 넣어도 괜찮습니다."

페르시아 인은 라울을 지하 4층으로 이끌고 가면서 다시 강조했다.

"눈높이까지 추어올리는 것에 목숨이 달려 있음을 명심하십시오. 자, 이쪽으로. 계단을 밟고……."

이제 그들은 지하 5층으로 들어섰다. 그러자 페르시아 인이 약간 흥분한 목소리로 말했다.

"자작 선생, 아주 멋진 결투가 될 겁니다. 아주 멋진……."

지하 5층 바닥을 내딛자, 페르시아 인은 그제야 안도의 숨을 내쉬었다. 그러나 손은 여전히 내리지 않고 치켜든 채였다.

'총은 주머니에 넣고 손만 그럴듯하게 들고 있으면 방어가 된다니, 말이 되나…….'

라울은 이 점이 이치에 맞지 않는다고 생각하면서 장난을 치는 게 아닌가 싶었다. 방아쇠만 당기면 상대방을 권총으로 쏘는 결투 자세인데 말이다. 그러나 페르시아 인은 라울이 질문할 여유를 조금도 주지 않았다.

페르시아 인은 라울에게 그 자리에 가만히 있으라고 하고는, 방금 지나온 계단을 올라갔다가 곧 돌아왔다.

"순찰 중인 소방관들이었습니다."

페르시아 인은 조금 전에 램프를 들고 무엇인가를 찾던 사람들의 정체가 무엇인지를 확인하고 온 모양이었다.

두 사람은 그곳에서 소방관들의 발소리가 멀어질 때까지 결투 자세를 유지한 채 꼼짝하지 않고 있었다.

다시 어둠을 헤치며 라울을 이끌고 계단을 올라가던 페르시아 인이 우뚝 멈춰 섰다. 눈앞의 어둠이 묘하게 흔들리며 파도치고 있었던 것이다.

"엎드려요!"

두 사람은 거의 동시에 그 자리에 납작 엎드렸다. 숨을 죽인 채 지켜보니, 램프도 들지 않은 그림자 하나가 어둠 속을 스쳐 지나가고 있었다. 거의 두 사람에게 닿을 만큼 가까이에서……. 그들의 얼굴에 망토 자락이 나부끼며 이는 바람이 느껴졌다.

두 사람이 눈을 가늘게 뜨고 바라보니, 머리에서 발끝까지 뒤덮은 긴 망토 자락과 뭉툭한 털모자가 시커멓게 드러났다. 그림자는 일부러 벽을 발로 슬쩍슬쩍 건드리며 사라졌다.

"후유! 저 녀석은 저를 잘 압니다. 두 번이나 절 붙잡아서 감독 사무실로 데려갔습니다."

"혹시 그였나요?"

"그가 뒤에서 몰래 다가오지만 않는다면, 그의 황금빛 눈동자를 보지 못하는 경우는 거의 없습니다. 그가 뒤에서 소리도 없이 다가오면, 우리는 죽은 목숨이나 다름없게 됩니다. 이렇게 손을 눈높이에 쳐들고 있지 않은 한은 말입니다."

그런데 바로 그때 눈앞에 괴상망측한 얼굴이 드러났다. 눈부신 빛 속에서 황금빛 눈동자 두 개가 번뜩이고 있는 것이었다. 그리고 그 얼굴이 온통 불길로 이글거렸다.

몸뚱이는 온데간데없고, 불타는 얼굴만 사람 키 높이에서 어둠 속을 떠돌고 있었다.

페르시아 인이 신음하듯이 중얼거렸다.

"도대체 저것이 뭐지? 난생 처음 보는 것인데……. 저건 그자가 아니야. 아마 녀석이 보낸 걸 거야. 소방대장은 미친 게 아니었어."

잠시 뒤, 페르시아 인이 또다시 라울에게 주의를 주었다.

"정신을 바짝 차려야 합니다. 손을 눈높이로 올리고……. 눈높이, 알겠습니까?"

지옥의 얼굴 같은 불덩이가 어른 키만 한 높이로 둥둥 떠서 두 사람을 향해 다가오고 있었다.

"틀림없습니다. 그가 보낸 얼굴입니다. 갑자기 우리를 덮치려고……. 그의 기술은 제가 다 아는데, 이건 새로운 수법입니다. 도망쳐야 합니다! 두 손을 높이 쳐들고……. 그렇지요! 침착하게 움직여야 합니다."

두 사람은 지하 통로로 도망치기 시작했다. 정신없이 달리던 페르시아 인이 멈춰 서며 말했다.

"그가 이 길로는 다니는 일이 거의 없는데 좀 이상하군요. 지하 호수와 아무 상관이 없거든요. 아무래도 우리가 뒤쫓는다는 걸 알아차린 모양입니다."

두 사람은 고개를 들었다. 그런데 불타는 얼굴이 아직도 뒤에서 쫓아오고 있는 것이었다.

이어 정체를 알 수 없는 시끄러운 소리가 들려왔다. 삐꺽거리는 것 같기도 하고, 이를 가는 것 같기도 하고, 무엇을 긁어 대는 소리 같기도 했다. 듣는 것조차 끔찍했다.

아무래도 거리를 좁혀 오는 불꽃 얼굴을 벗어나기란 힘들 것 같았다. 불덩이 얼굴이 뚜렷하게 보일 만큼 거리가 가까워졌다. 두 눈은 둥그스름하고, 코는 약간 비뚤어졌으며, 아랫입술이 너덜너덜 매달린 듯 실룩거렸다. 시뻘겋게 핏빛이 어린 눈, 뭉뚝한 코, 헤벌어진 입은 온몸에 소름이 돋을 정도로 끔찍했다.

'몸뚱이도 없는 저 불덩이 얼굴이 어떻게 떠다닐 수 있을까?'

어둠 속을 미끄러져 오는 괴물의 정체가 무엇인지 도무지 알 수가 없었다. 그 눈은 정면만 뚫어져라 쏘아보고 있었다. 게다가 삐꺽거리는 소리는 두 사람을 더욱 공포에 떨게 만들었다.

두 사람은 더는 물러날 데가 없음을 알고 벽에 바싹 달라붙었다. 점점 가까이 다가오는 불꽃……. 무시무시하고 기괴한 소리……. 두 사람은 머리카락이 곤두설 만큼 긴장했다. 정체를 알 수 없는 시커먼 물결이 파도처럼 밀려와 두 사람을 덮치는 것만 같았다.

"아악, 악!"

두 사람은 눈을 꼭 감고 비명을 질렀다.

그런데 그 시커먼 물결이 다리에 달라붙더니 기어오르기 시작하는 것이 아닌가! 짐승의 발톱과 날카로운 이빨, 꼬리가 득실거린다는 느낌이 확실히 전해져 왔다.

뭉클뭉클한 털 뭉치들이 다리로 기어오르자, 두 사람은 정신없이 괴물들을 떼어 냈다.

잠시 뒤, 두 사람의 다리로 기어오르던 시커먼 괴물들이 썰물처럼 다시 빠져나가기 시작했다.

그 순간, 불덩이 얼굴이 조용히 입을 열었다.

"움직이지 마시오! 내 뒤를 따라오려고도 하지 마시오! 나는 쥐잡이꾼이오. '쥐의 학살자'라고도 하오. 내가 나의 쥐들과 함께 지나가게 그냥 내버려 두시오!"

불꽃 얼굴이 갑자기 어둠 속으로 푹 꺼지는가 싶더니, 앞으로 트인 복도 쪽에 불이 환하게 밝혀졌다.

알고 보니 불덩이 얼굴이 램프를 아래로 내려 먼 복도를 비춘 것이었다. 그러니까 아까는 램프를 자기 얼굴 앞쪽에 대고 다녔기 때문에 불덩이 얼굴처럼 보였던 것이다.

그는 우글거리며 찍찍거리는 쥐 떼를 몰고 빠른 걸음으로 멀어져 갔다.

비로소 엄청난 공포에서 벗어나자, 페르시아 인이 말했다.

"에릭이 언젠가 '쥐의 학살자'에 관해 이야기해 준 적이 있었지만, 저런 모습으로 나타날 줄은 몰랐습니다."

"호수까지는 아직 멀었나요? 언제쯤에나 도착할 수 있는 거지요?"

라울이 초조한 듯 묻자, 페르시아 인이 말했다.

"자작 선생, 호수를 통해 그 집으로 들어가는 것은 불가능합니다. 감시가 철통같거든요. 오페라 극장에서 실종된 사람들도 아마 호수를 건너려다가 사고를 당했을 겁니다. 하마터면 저도 빠져 죽을 뻔한 적이 있었으니까요……."

"그렇다면 당신은 왜 나를 여기까지 데리고 온 건가요?"

"절 믿으세요. 크리스틴을 구할 방법은 딱 한 가지뿐입니다. 그의 눈에 띄지 않고, 호숫가 집으로 들어가는 길을 알고 있으니……."

"호수를 건너지 않고도 그렇게 할 수 있다는 겁니까?"

"지하 3층에 통로가 있습니다. 자, 이제 다시 3층으로 올라갑시다. 마음 단단히 먹으세요. '라호르의 왕'의 무대 장치들 사이를 통과해야 합니다. 그 통로는 바로 조제프 뷔케가 살해되었던 곳이지요.”

“목매단 채 죽어 있던 무대 장치 책임자 말입니까?”

“그때 밧줄이 온데간데없이 사라졌었지요? 자, 어서 갑시다.”

페르시아 인은 다시 앞서 걸었다. 이윽고 두 사람은 조제프 뷔케의 시체가 발견된 무대 배경과 세트 사이에 다다랐다.

페르시아 인이 그 사이로 들어가 벽을 더듬어서 밀자, 돌 하나가 떨어지며 벽에 작은 입구가 생겼다.

“신발은 벗어 두십시오. 돌아올 때 다시 찾을 수 있을 겁니다.”

그들은 신발을 벗어 두고, 아래쪽으로 뛰어내렸다. 온통 어둠에 휩싸인 그곳에는 소름 끼치는 침묵만 흐르고 있을 뿐이었다.

조심스럽게 등불을 켜서 자신들이 빠져나온 구멍을 찾아보았지만 쉽사리 찾을 수가 없자, 페르시아 인은 땅바닥에서 발견한 밧줄 하나를 집어 들고 잠시 동안 이리저리 살펴보았다.

그러더니 갑자기 소스라치게 놀라며 그것을 멀리 내던졌다.

“펀자브의 올가미!”

“네? 뭐라고요?”

“펀자브의 올가미입니다. 사람을 교살하는 밧줄이지요.”

페르시아 인은 등줄기에서 식은땀이 흐르는 것을 느꼈다. 하지만 아무것도 모르는 라울은 사방을 둘러보며, 그곳의 벽이 특이하다고만 생각했다.

"이 벽은 거울이군요!"

"맞아요, 거울입니다."

페르시아 인은 여전히 불안한 표정으로 주위를 둘러보다가 떨리는 목소리로 말했다.

"우리는 고문실로 떨어졌습니다!"

펀자브의 올가미를 본 페르시아 인은 두려움에 덜덜 떨었다.

아주 오래전의 마젠다란 궁전이 고스란히 떠올랐기 때문이다.

전갈이냐, 메뚜기냐

마젠다란 궁전은 페르시아에 있는 비밀 궁전인데, 에릭이 설계한 환상적인 건축물이었다.

페르시아 인이 라울과 뛰어내린 곳은 마젠다란 궁전에 있던 고문실과 똑같았다.

세상 그 누구보다도 아름다운 목소리로 노래를 불렀던 에릭은 복화술을 할 줄 알았으며, 마술을 부릴 줄 알았고, 건축에도 독창적이고 뛰어난 자질을 갖고 있었다.

그런 에릭은 마젠다란 궁전을 비밀 문과 비밀 통로로 가득 찬 놀라운 곳으로 개축했고, 더 나중에는 아예 고문실을 만들어 사람을 가두었다.

페르시아 왕비와 에릭은 고문실에서 죄 없는 사람들이 죽어 가는 것을 보며 즐거워했다. 그 고문실은 갇힌 사람이 차라리 올가미에 목을 매고 스스로 목숨을 끊어 버릴 만큼 끔찍한 공간이었다.

페르시아의 마젠다란 궁전에서 지내는 동안, '함정 애호가'라는 별명이 붙은 에릭은 페르시아 군주의 젊은 왕비를 즐겁게 해 주어야 했다. 그런데 왕비는 시간이 지날수록 더 강렬한 즐거움을 안겨 주는 구경거리를 보길 원했다. 그때 에릭이 왕비에게 보여 주었던 것이 펀자브의 올가미 놀이였다.

그 놀이는 중무장한 전사와 올가미만 가진 에릭이 목숨을 걸고 경기장에서 대결하는 것이었는데, 결투를 치르게 되는 사람들은 대부분이 사형수였다. 그런데 그 누구도 에릭의 올가미를 피할 수 없었다. 그래서 모두들 에릭이 언제 어느 때 올가미 작전을 쓸지 몰라 불안해 했다.

올가미 씌우기의 명수 앞에서 목을 보호하는 유일한 방법은 오로지 팔을 들어 권총을 쏘는 자세뿐이었다.

그러다 이런 잔인함 때문에 급기야 에릭은 사형에 처해지게 되었고, 이를 가엾게 여긴 페르시아 인의 도움으로 간신히 도망쳐 목숨을 건질 수 있었다.

페르시아 인은 원래 '다로가'라는 직책에 있던 페르시아의 관리였다. 다로가는 페르시아의 경찰 총책임자이기 때문에, 페르시아 인은 직책상 에릭의 비밀과 능력에 관해 많은 것을 알 수 있었다.

그러기에 펀자브의 올가미를 본 페르시아 인은 끔찍한 고문실과 에릭의 얼굴을 떠올리며 두려움을 감추지 못했던 것이다.

페르시아 인은 자신이 파리에 온 지 얼마 되지 않았을 때, 에릭이 오페라 극장의 설계를 담당한 건축가의 석공 담당 기술자로 변신하여 지하에 은신처를 꾸며 놓았음을 알게 되었다. 그래서 그 누구보다도 성품이 잔인한 에릭의 행동을 의혹의 눈으로 지켜보았다.

그러던 어느 날, 페르시아 인은 극장 복도를 따라 지하 통로로 들어가서 호수 기슭까지 에릭을 뒤쫓게 되었다. 그리고 에릭이 배를 타고 맞은편 벽을 향해 노 저어 가는 모습도 몰래 보게 되었다. 그런데 주위가 워낙 어두워서 어디에서 내려 어디로 가는지는 알아내지 못했다.

'언젠가 배를 타고 한번 가 봐야겠다'고 마음먹고 있던 차에, 기회가 찾아오자 페르시아 인은 조금도 망설이지 않고 에릭이 했던 것처럼 배를 타고 노를 저어 갔다.

배가 호수 한가운데쯤 이르렀는데, 그때 어디선가 알 수 없는 노랫소리가 들려왔다. 페르시아 인은 환상적인 노랫소리에 혼을 뺏겨 자기도 모르게 물속을 들여다보았다.

그 순간, 괴물 같은 두 팔이 물 위로 솟구치더니 페르시아 인의 목을 잡고 끌어당겼다.

그가 비명을 지르자, 그 소리를 듣고 페르시아 인인 것을 알아차린 에릭이 헤엄을 쳐서 그를 호수 기슭으로 데려다 주었다.

"이 어리석은 사람아, 왜 나의 거처에 들어오려고 했나? 쓸데없는 짓은 이제 하지 말게."

"그건 그렇고, 자네는 어떻게 물속에서도 노래를 부를 수 있나?"

페르시아 인의 물음에 에릭은 기다란 갈대 줄기를 보여 주었다.

"알고 보면 간단해. 이것을 코에 대고 물속에 있으면, 얼마든지 숨을 쉬고 노래를 부를 수 있지."

"자네 수법에 걸려들어 수많은 사람들이 목숨을 잃었겠지? 에릭, 자넨 왜 계속 사람을 해치는 것인가?"

페르시아 인은 조금도 위축되지 않고 말을 이었다.

그날은 마침, 공연 중에 샹들리에가 무너져 내리고 난 얼마 뒤였다.

"샹들리에 말이야……, 자네 짓이지?"

"그 샹들리에는 너무 낡고 오래되어서 그냥 떨어진 거라고! 미리 손을 봤어야 했어. 그리고 다시는 여기에 얼씬도 하지 말게."

에릭은 소름 끼치는 웃음소리와 함께 이렇게 말을 한 다음 사라져 버렸다.

그 이후, 페르시아 인은 호수를 통해 에릭의 집으로 들어가는 일을 포기했다. 그 대신 에릭이 3층으로 숨어드는 것을 여러 차례 목격하고 다른 통로를 찾아보기로 마음먹었다.

오페라 극장 지하에 자신만의 세계를 만들어 놓고 사는 에릭을 다시 만난 뒤로 페르시아 인은 단 하루도 마음 편할 날이 없었다. 어떤 사고나 사건이 터지면 사람들은 "유령의 짓이다."라고 말을 했기 때문이다. 그러면 페르시아 인의 입에서는 자기도 모르게 '에릭의 짓'이란 말이 튀어나오곤 했다.

그래서 에릭의 속셈을 알아차리기 위해 끊임없이 그를 감시했다. 그의 광기 때문에 언제든 다른 사람들이 끔찍한 일을 겪게 될 거라고 짐작했기 때문이다.

페르시아 인은 유령이 아닌 그 살아 있는 괴물을 생각하기만 해도 소름이 끼쳤다. 에릭은 날 때부터 끔찍한 모습으로 태어났기 때문에 모든 사람에게 따돌림을 당했으며, 그런 만큼 증오도 적지 않았다.

한번은 에릭이 페르시아 인에게 이렇게 말했다.

"나는 이제 옛날의 그 에릭이 아니라네. 있는 그대로 사랑받기 시작하면서부터 그 누구보다도 고상한 인간이 되었다네.”

페르시아 인으로서는 사랑에 빠졌다는 그의 고백이 믿어지지 않았다. 대신 그의 사랑으로 초래될 불행한 사태가 떠올라 이만저만 염려스러운 것이 아니었다.

그리고 그 짐작은 크리스틴에 대한 에릭의 집착으로 드러나기 시작했다.

에릭은 자신의 목소리로 크리스틴의 사랑을 얻으려 했다. 아름다운 목소리로 인해 크리스틴이 자기를 사랑하게 된다면, 흉측한 외모쯤은 곧 잊어버릴 거라고 판단했다.

실제로 음악 수업이 이루어지는 장면도 목격했고, 신기하게도 둘 사이에 정신적 교감이 이루어지는 것처럼 보이기도 했다.

페르시아 인은 에릭이 크리스틴을 사로잡는 모든 기술을 낱낱이 눈여겨보았다.

지하의 샘, 지하 감옥, 비밀 통로, 뚜껑 문 따위의 비밀까지도 페르시아 인은 몽땅 캐냈다. 또 에릭의 변장술도 알아냈다.

그가 가끔 파리 시내로 외출을 하거나 사람들 앞에 모습을 나타낼 때는 콧수염까지 달린 종이 코를 붙이기도 했다. 사람들은 그런 에릭의 흉측한 모습을 보면, 어디선가 몸을 다친 사람쯤으로 여기고 대수롭지 않게 지나치곤 했다.

그런데 크리스틴이 에릭의 진짜 모습을 본 뒤부터는 그녀의 마음이 그에 대한 공포로 가득 차 버렸다는 것을 페르시아 인은 눈치챌 수 있었다. 또한 크리스틴의 정신을 지배하고 있는 것은 에릭이었으나, 그녀의 마음은 온통 샤니 드 라울 자작에게 쏠려 있음도 알게 되었다.

그래서 페르시아 인이 에릭에게 크리스틴을 놓아주라고 하자, 에릭은 거절하면서 화를 냈다. 그리고 크리스틴에게 더 미친 듯이 집착하기 시작했다.

그러던 차에 에릭이 크리스틴 다에를 납치했고, 페르시아 인은 '있는 그대로 사랑받고 있다'는 에릭의 생각이 깨졌음을 알았다. 그것은 모든 사람의 운명이 끝난다는 예고나 다름없었다.

그래서 페르시아 인은 괴물을 자기 손으로 잡고, 그런 다음 법 앞에서 모든 것을 밝히겠다고 결심했으며, 지하 3층을 거쳐 호수의 집으로 숨어들어 가는 계획을 세웠다. 그때 라울이 동행하게 된 것이었다.

그런데 그 통로에 이렇게 펀자브의 올가미까지 준비된 고문실이 있을 줄은 꿈에도 생각하지 못했다.

페르시아 인 앞에 매달려 있는 올가미는 조제프 뷔케의 목에 매어 있던 바로 그 올가미이기도 했다.

페르시아 인은 어떻게 이 방을 빠져나가나 하고 한숨을 내쉬었다.

아무것도 모르는 라울이 페르시아 인에게 다가오자, 그는 조용히 하라는 신호를 보내며 바깥에서 들려오는 소리에 귀를 기울였다.

페르시아 인은 거울로 된 육각형의 고문실에서 어떤 일이 벌어질지 몰라 불안한 데다, 에릭에게 들킬까 봐 더욱 조마조마했다.

그때, 갑자기 조용하던 옆방에서 신음 소리가 들려왔다.

"선택을 하시오! 결혼 행진곡이오, 아니면 장례 미사곡이오?"

에릭의 목소리가 뚜렷하게 들려왔는데, 괴로워하며 절망에 찬 신음 소리를 내고 있는 것은 크리스틴이었다.

그녀의 목소리를 알아챈 라울은 당장이라도 그녀에게 달려가고 싶었지만, 고문실을 빠져나가는 방법을 몰랐기에 발만 동동 굴러야 했다.

"빨리 결정을 내리시오, 크리스틴! 나도 더는 땅속에 묻혀 살고 싶지 않소. 나도 이젠 보통 사람처럼 살고 싶소. 가면도 새로 만들었소. 그것을 쓰면 아무도 흘끔거리지 않을 것이오. 당신을 이 세상에서 가장 행복한 여자로 만들 자신이 있단 말이오. 크리스틴, 나는 많은 것을 원하지 않소. 내가 원하는 것은 오직 하나! 당신의 사랑을 받는 거요. 내 아내가 되어 나를 사랑해 주시오."

고백이 끝나자, 곧 듣는 사람조차 슬퍼질 만큼 구슬픈 에릭의 울음소리가 고문실까지 들려왔다

"당신은 나를 사랑하지 않아! 사랑하지 않는다고!"

울먹거리던 에릭이 갑자기 이렇게 소리친 뒤로 한동안 침묵이 계속되었다.

그런데 침묵이 계속되던 옆방에 별안간 벨 소리가 울렸다. 그것은 호수를 건너려는 사람이 있다는 신호였다.

"누가 또 침입한 모양이군. 확인 좀 해 봐야겠어."

에릭이 투덜거리며 호수로 나갔다.

발소리가 멀어져 가자, 라울이 크리스틴을 애타게 부르기 시작했다.

"크리스틴! 크리스틴! 제발 대답 좀 해 봐요!"

"내가 꿈을 꾸는 걸까?"

절망과 슬픔에 빠져 있던 크리스틴은 라울의 목소리를 쉽게 알아듣지 못했다.

"크리스틴! 나요, 라울이요! 오, 크리스틴! 무사한가요?"

"라울, 라울! 당신인가요?"

"맞아요! 크리스틴, 당신을 구하러 온 것이오."

"오, 꿈이 아니군요. 라울!"

크리스틴은 라울이 가까이 있다는 것을 알고 무척 기뻤지만,

그가 온 것을 에릭이 알게 될까 봐 두려움에 떨었다. 하지만 곧 정신을 가다듬으며 침착하게 몇 가지 사실을 알려 주었다.

"지금 에릭은 사랑 때문에 거의 미쳐 있어요. 내가 끝내 자신과 결혼해 주지 않는다면 이 세상 사람들을 모두 땅에 묻어 버릴 거라고 했어요. 그리고 결혼을 할 것인지 안 할 것인지를 내일 밤 열한 시까지 결정하라고 했어요."

페르시아 인이 걱정했던 일이 눈앞으로 다가온 것이었다.

"크리스틴, 잘 들어요. 여긴 고문실이에요. 당신이 문을 열어 주어야 해요. 그래야만 당신을 구할 수 있소."

"하지만 제가 묶여 있어서 움직일 수가 없어요. 문도 자물쇠로 잠겨 있고요. 저에게 약을 먹여 기절시키고 이곳으로 데려온 다음 잠시 자리를 비웠어요. 그가 돌아왔을 때, 전 얼굴이 피투성이가 된 채 쓰러져 있었지요. 제가 죽으려고 벽에 마구 부딪쳤거든요. 그래서 꽁꽁 묶인 거예요."

페르시아 인의 말에, 크리스틴은 자신이 묶여 있어서 아무것도 할 수 없는 상황을 절망하며 말했다.

"이봐요, 크리스틴! 어떻게 해서든 에릭이 당신을 풀어 주도록 해야 합니다. 그리고 그의 주의를 딴 데로 돌려놓고 이 방문을 열어 주시요. 아시겠소?"

"열쇠는 그의 작은 가죽 가방 안에 들어 있어요. 하지만 제가 할 수 있을까요?”

크리스틴이 불안하게 중얼거릴 때, 에릭이 다시 돌아왔다. 아까 들렸던 벨 소리는 호숫가에 누군가 나타났음을 알리는 벨 소리였으므로, 누군가를 처치하고 온 것이 분명했다.

“에릭, 손목이 너무 아파요. 밧줄 좀 풀어 주세요. 당신은 어차피 제게 내일 밤 열한 시까지 시간을 주셨잖아요.”

크리스틴의 간절한 애원에 에릭은 마음이 약해졌다. 그는 크리스틴의 손목을 풀어 주며, 다시 한 번 결혼을 강요했다.

“크리스틴, 내가 당신에게 무슨 짓을 한 건지 모르겠구려. 많이 아프지는 않았소? 내가 당신에게 상처를 입힌 거요? 나는 당신을 다치게 할 생각이 추호도 없어요.”

에릭이 혼잣말을 늘어놓았다. 그리고 크리스틴을 풀어 주는 듯 잠시 침묵이 흐르더니, 이어서 죽은 자를 위한 추도 미사곡이 울려 퍼졌다.

에릭이 부르는 노랫소리가 마치 천둥이 치는 것처럼 사방에서 울려 퍼졌다.

라울이 페르시아 인의 귀에 대고 나지막하게 속삭였다.

“누구를 위한 미사곡일까요”

그곳에 있는 세 사람은 알지 못했지만 호수에서 죽은 사람은 바로 라울의 형, 필립 백작이었다.

그런데 노래가 절정에 이를 무렵, 에릭이 갑자기 노래를 멈췄다.

"크리스틴, 지금 무엇을 하려는 거요? 그렇군! 내 가방에 손을 넣으려고 풀어 달라고 한 거였어!"

에릭은 자신이 노래를 부르는 동안 크리스틴이 자기 가방에 손을 넣는 걸 보았던 것이다.

분노에 찬 에릭의 목소리가 울려 퍼졌고, 겁에 질린 크리스틴은 무작정 숨을 곳을 찾아 도망 다녔다.

"에릭! 우리가 앞으로 함께할 거라면, 이것을 제가 가진다고 해도 크게 문제될 건 없잖아요?"

"그건 그저 열쇠일 뿐이오. 자, 이리 주시오. 대체 그걸로 뭘 하겠다는 거요?"

"당신이 저에게 숨기는 저 방을 보고 싶은 것뿐이에요."

"시끄러워! 가방 이리 내놔!"

에릭이 소리치면서 강제로 가방을 빼앗아 버리자, 크리스틴이 신음 소리를 토해 냈다.

그런데 그 소리를 듣고 있던 라울이 자기도 모르게 분노, 아니 고통에 찬 비명을 내지르고 말았다.

"이게 무슨 소리지? 크리스틴, 당신도 들었겠지?"

그제야 크리스틴의 행동을 이해하겠다는 듯, 에릭이 야비한 웃음을 지었다.

"그게 무슨 말이에요? 아무 소리도 듣지 못했어요."

"당신이 그토록 사랑하는 그 멍청한 녀석이 와 있는 게 분명해!"

"대체 무슨 소리가 났다고 그러는 거죠? 미쳤어요? 아무 소리도 듣지 못했어요!"

크리스틴이 완강하게 부인했지만 에릭은 결코 속지 않았다.

"저 옆방을 보고 싶다고 했소? 그렇다면 내가 보여 드리지."

어두웠던 고문실이 갑자기 환하게 밝아졌다.

라울은 너무나 놀라서 뒤로 물러섰고, 페르시아 인은 올 것이 왔다고 생각했다.

"저 사다리를 타고, 빛나는 창문을 통해 안을 보시오. 그러면 안에서 고문을 당하는 그 얼굴이 보일 테니까!"

분노에 들끓는 목소리로 에릭이 소리쳤다.

어떻게 해서든 라울을 지켜 주고 싶었던 크리스틴은 할 수 없이 그가 하라는 대로 사다리를 타고 올라갔다.

그러고는 고문실 안쪽에 숨어 있는 라울과 페르시아 인을 보고 한숨을 내쉬었다.

"뭐가 보이나?"

"아무도 없어요!"

에릭이 물었지만, 크리스틴은 아무것도 보이지 않는다고 서툴게 거짓말을 했다.

에릭은 다시 크리스틴에게 무엇이 보이는지 물었다.

"창문으로 무엇을 보았소?"

"숲이 보였어요. 하지만 방에는 아무도 없어요. 오직 나무밖에 없군요."

크리스틴은 일부러 아무렇지 않은 척하며, 자기 눈앞에 펼쳐진 풍경을 이야기했다. 거기에는 엄청난 열기가 뿜어져 나오는 열대 우림과도 같은 숲이 펼쳐져 있었고, 나뭇가지들이 위로 뻗쳐 있었다.

"크리스틴! 당신이 본 나뭇가지는 바로 교수대라오. 아니, 관둡시다. 난 이제 모든 것이 지긋지긋해요. 나는 정말이지 평범한 삶을 원해요. 당신과 둘이서 말이오!"

에릭이 떠드는 동안에도 크리스틴은 라울이 무사한지를 눈으로 살폈다.

"지금은 당신이 나를 사랑하지 않는다고 해도, 앞으로는 나를 사랑하게 될 거요. 나에게 익숙해질 테니까. 나는 세상에서 가장 뛰어난 복화술사라오. 당신을 지루하지 않게 해 줄 수 있소."

에릭은 입을 다문 채 복화술로 크리스틴의 주의를 끌려고 했지만, 크리스틴은 온통 고문실에 있는 두 사람 걱정뿐이었다.

"에릭, 창문의 불을 꺼 줘요!"

고문실에 엄청난 빛이 쏟아져 들어오자, 페르시아 인과 라울은 숨을 제대로 쉬지 못한 채 어쩔 줄 몰라 하며 괴로워하고 있었다.

크리스틴이 제발 방 안의 불을 끄라고 부탁했지만, 에릭은 들은 척도 하지 않았다.

"에릭! 제발 그만해요. 왜 이렇게 더운 거죠? 갑갑해서 죽겠어요."

"그래, 정말 덥군. 아프리카의 밀림에 온 것처럼 너무 더워."

에릭은 갑자기 소름 끼치도록 끔찍한 소리로 크게 웃어 대기 시작했다. 그 웃음소리가 너무도 끔찍해서 크리스틴은 비명을 마구 질러 댔다.

라울도 정신 나간 사람처럼 소리를 지르고 벽을 마구 두드려 댔다. 페르시아 인이 아무리 말려도 라울은 엄청난 힘으로 페르시아 인의 품을 빠져나가 같은 행동을 되풀이했다.

그런데 얼마 뒤, 비명을 질러 대던 크리스틴이 급기야 기절을 하고 말았다. 그러자 에릭이 웃음을 멈추고는, 그녀를 안고 밖으로 나가 버렸다.

문이 닫히고, 이내 사방이 조용해졌다. 빛으로 시작된 고문이 점점 라울과 페르시아 인의 목을 죄어 왔다.

사방이 거울로 된 육각형의 고문실은 각도를 조금만 달리 해도 다른 풍경이 펼쳐졌다. 거울은 고문을 당하는 자의 몸부림을 견뎌 낼 만큼 두껍고 단단했다.

공포에 질린 라울은 조금이라도 빨리 이 상황에서 벗어나려고 안달을 했는데, 그는 이미 정상이 아닌 듯했다.

가까스로 정신을 가다듬은 페르시아 인은 거울 여기저기에 누군가가 긁은 듯이 나 있는 흔적을 발견했다. 그것은 뷔케가 살아 있을 때 몸부림치며 만든 자국이었다.

고문실로 들어온 통로는 이미 굳게 닫혀 있었고, 나갈 수 있는 방법은 오직 문을 열고 나가는 것뿐이었다.

페르시아 인은 공포에 사로잡혀 크리스틴을 마구 불러 대는 라울에게 제발 가만히 있어 달라고 말한 다음, 거울 표면을 더듬기 시작했다.

"금방 찾을 수 있을 것 같소? 목말라 죽겠어. 이러다 죽어 버릴 것 같아!"

라울의 발작에 페르시아 인도 점점 이성을 잃기 시작했다. 그의 눈에도 거울에 의한 환상이 마치 현실처럼 다가오기 시작했기 때문이다.

페르시아 인은 마침내 문을 여는 버튼을 찾는 일도 잊어버리고, 심한 갈증에 몸을 떨었다.

라울이 더 참지 못하고 권총으로 자신의 머리를 겨누었고, 페르시아 인도 펀자브의 올가미를 바라보았다. 차라리 죽는 게 나을 것 같다는 생각이 들었던 것이다.

그런데 그 순간, 페르시아 인의 눈에 올가미 근처에 있는 까만 단추 하나가 띄었다. 그래서 서둘러 라울의 행동을 저지했다. 까만 단추는 출구를 열 수 있는 버튼 같았다.

페르시아 인은 있는 힘을 다해 버튼을 눌렀고, 무언가가 덜컹거리면서 열리는 소리가 들렸다. 그러더니 바닥이 갈라지며 검은 구멍의 아래쪽에서 시원한 바람이 불어왔다.

두 사람은 계단을 타고 조심조심 아래로 내려갔고, 가까운 곳에 호수가 있음을 알아냈다.

어둠에 눈이 익자, 둥근 무언가가 보였다. 그것은 포도주를 담아 놓은 것 같은 둥근 나무통이었다. 그곳은 에릭의 지하실이었던 것이다.

라울은 그것을 물통이라고 생각하고 흥분해서 소리쳤다.

"물통이다. 물통이야! 이렇게 많다니!"

라울과 페르시아 인은 수많은 나무통 중에서 하나를 골라 뚜껑을 열어 보았다.

"이게 뭐지? 물이 아니잖아!"

라울의 손에 묻은 것은 물도 포도주도 아니었다. 작은 고체 덩어리였다.

페르시아 인은 라울의 손에 있는 것을 자세히 살펴보았다.

"화약!"

그들은 엄청난 양의 화약으로 가득 찬 지하실에 갇혀 있었던 것이다.

페르시아 인은 에릭의 속셈을 알아차렸다. 에릭은 크리스틴이 그의 청혼을 거절하면 저 많은 화약을 터뜨려 오페라 극장을 날릴 셈이었다. 그것도 밤 열한 시. 공연이 한창 진행될 시간에…….

두 사람은 급히 지하실을 빠져나와 고문실로 들어가 소리를 질러 댔다. 곧 있으면 열한 시였다.

"에릭! 에릭!"

"크리스틴! 크리스틴!"

잠시 뒤, 발소리가 들리더니 크리스틴이 벽을 두드리며 라울을 불렀다.

"라울!"

라울이 살아 있을 거라고 생각하지 못했던 크리스틴은 너무나 기쁜 나머지 흐느끼기 시작했다.

크리스틴은 밤새 에릭의 협박에 시달렸다고 말했다.

"마지막으로 생각할 시간을 준댔어요. 이제 5분밖에 남지 않았어요. 어쩌면 좋아요?

그는 방을 나가기 전에 열쇠를 하나 주었어요. 선반에 있는 작은 상자를 여는 열쇠라고 하더군요. 상자 하나에는 전갈이 들어 있고, 다른 상자에는 메뚜기가 들어 있대요.

만약 제가 전갈이 있는 상자를 열면 자기의 청혼을 받아들인다는 뜻이고, 메뚜기가 있는 상자를 열면 거절의 뜻이라고 했어요.

나는 그 사람에게 고문실의 열쇠를 달라고 애원했어요. 그것을 주면 그와 결혼하겠다고요. 그랬더니 그가 또다시 악마처럼 웃더군요.

그는 마지막으로 이렇게 말했어요.

'메뚜기! 메뚜기 상자를 열면 그것이 펄쩍 뛰어오를 것이오! 아주 높이 뛰어오르겠지!'

그런 다음 나를 혼자 두고 나가 버렸어요."

어떻게든 라울을 살리고 싶은 크리스틴은 전갈 상자 쪽으로 마음을 기울었다. 그런데 페르시아 인은 그녀에게 전갈 상자를 건드리지 말라고 했다.

5분이 지났는데도 돌아오지 않는 에릭이 이상하기도 했지만, 전갈 상자가 그들을 구해 주리라는 확신도 없었기 때문이다.

"그 사람이에요! 그가 오는 소리가 들려요!"

크리스틴이 겁에 질린 목소리로 말하자, 페르시아 인이 소리 쳤다.

"에릭! 날세! 나를 알겠나?"

아주 침착하게 그가 대답했다.

"당신, 아직도 죽지 않고 살아 있었나? 그렇다면 어쨌든 조용히 해 주게. 아주 중요한 순간이거든. 이제 크리스틴 다에 양에게 우리 모두의 목숨이 달려 있어. 지켜보라고!"

에릭은 크리스틴에게 차갑고 냉정한 말투로 말했다.

"당신이 메뚜기 상자를 열면 우린 모두 공중으로 날아가는 거야. 자, 크리스틴. 어서 전갈 상자를 열어요. 그러면 우리는 행복하게, 세상 그 누구보다도 행복하게 결혼식을 올릴 수 있어! 이제 2분밖에 남지 않았소. 2분 안에 전갈 상자를 열지 않는다면, 내가 메뚜기 상자를 열어 버리겠소."

에릭이 메뚜기 상자에 열쇠를 꽂고 돌리려고 하자, 크리스틴이 막으면서 소리쳤다.

"정말, 전갈이 안전한 거라고 맹세할 수 있어요?"

"그렇소, 전갈이오. 뭘 하고 있소? 아직도 망설이는 거요?"

크리스틴이 잠시 망설이자, 에릭은 다시 한 번 메뚜기 상자를 열려고 했다.

"에릭! 그만! 전갈을 택하겠어요!"

크리스틴은 마침내 전갈을 선택하겠다고 말했고, 전갈 상자에 열쇠를 꽂아 돌렸다.

순간 발밑에서 무언가가 열리는 소리가 들렸다. 그들은 그것이 화약이 터지는 소리라고 생각했지만, 그것은 물소리였다.

조금 전까지만 해도 잊고 있던 갈증이 되살아난 두 사람은 물소리가 나는 곳으로 달려갔다. 그들은 갈증이 다 풀릴 때까지 허겁지겁 물을 마셨다.

그런데 물은 멈추지 않고 계속해서 차올랐다. 지하실을 가득 채운 물이 마침내 고문실까지 올라왔다.

다행히 화약은 터지지 않겠지만, 물이 계속해서 차올라 발을 딛고 서 있을 수가 없었다.

"에릭! 에릭! 물을 잠가!"

페르시아 인이 소리쳤지만 밖에서는 아무 대답도 들리지 않았다. 물은 빠른 속도로 그들의 허리까지 찼고, 급기야는 목까지 차올랐다.

그들은 거센 소용돌이를 일으키며 차오르는 물을 피해서, 나뭇가지에 매달려 간신히 숨을 쉬었다.

"에릭! 내가 네 목숨을 구해 주었어! 그것을 잊었나! 넌 내가 아니면 진작 죽었어, 에릭!"

절망적인 목소리로 페르시아 인이 소리쳤다.

그들은 필사적으로 헤엄을 쳤다. 어딘가로 나가는 구멍을 찾아 허우적거리는 동안, 드디어 물이 두 사람의 눈까지 차올랐다.

그 순간, 갑자기 멀리서 물이 빠져나가는 소리가 들리기 시작했다. 그것은 지하실 바닥 쪽에서 나는 소리였다.

마지막 입맞춤

정신을 잃었던 페르시아 인이 깨어난 곳은 낯선 침대 위였다.

옆에는 라울도 누워 있었고, 섬뜩한 가면을 쓴 에릭이 페르시아 인을 내려다보고 있었다.

"이제 정신이 좀 드는가?"

에릭의 곁에는 크리스틴이 앉아 있었다. 그녀는 페르시아 인에게 물을 가져다주었지만, 말은 한마디도 하지 않았다.

에릭이 방을 나가자, 크리스틴이 다가와 페르시아 인의 이마를 짚어 본 다음 한없이 평화로운 눈길로 라울을 바라보았다.

잠시 뒤, 에릭이 돌아와 페르시아 인에게 말했다.

"이제 두 사람은 모두 무사히 살아난 거야. 이제 둘을 지상으로 데려다 주지. 내 아내가 원하는 일이니까⋯⋯."

에릭은 페르시아 인에게 물약을 건네주었다. '아내'라는 말에 페르시아 인은 불안한 눈빛으로 크리스틴을 바라보았지만, 그녀는 미동도 없었다.

물약을 마신 페르시아 인은 곧 깊은 잠에 빠져들었다. 다시 깨어났을 때, 페르시아 인은 어느새 자기 방 침대 위에 누워 있었다.

"간밤에 문 앞에 쓰러져 계셨어요. 누군가가 주인님을 모시고 와서 초인종을 누르고 사라져 버렸어요."

페르시아 인은 기운을 차리자마자 필립 백작의 집으로 전갈을 보내 안부를 물었다.

그런데 필립 백작이 죽었으며, 라울은 감쪽같이 사라져 버렸다는 답이 왔다. 백작의 시체는 오페라 극장의 호숫가에서 발견되었다고 했다.

페르시아 인은 고문실에서 들었던 에릭의 장례 미사곡을 떠올리며, 그것이 분명 백작을 위한 곡이었다고 생각했다.

필립 백작은 크리스틴 다에가 동생 라울과 도망칠 거라고 생각하고, 두 사람을 쫓아 마차가 세워져 있던 브뤼셀 거리로 갔다. 하지만 둘을 찾지 못하자, 백작은 동생이 얘기했던 정체 모를 지하 세계를 떠올렸다. 백작은 곧 호숫가에 이르렀는데, 이상한 노래에 홀려 호수에 빠져 죽은 것이었다.

'이대로 가만히 있어서는 안 돼. 모든 것을 밝혀야 해.'

페르시아 인은 모든 것을 수사관에게 설명했지만, 판사인 포르는 페르시아 인을 미친 사람으로 취급할 뿐이었다.

페르시아 인은 억울하고 분한 마음을 참을 수가 없어서 글로 써서 남기기로 작정했다.

자신이 경험한 끔찍한 일의 마지막 문장을 다듬고 있을 때 웬 낯선 남자가 찾아왔다. 방문객은 다름 아닌 '오페라의 유령'인 에릭이었다.

그는 굉장히 피곤해 보이는 데다, 여전히 끔찍해 보이는 얼굴이었다.

"네가 필립 백작을 죽였지? 라울과 크리스틴은 어떻게 했어?"

에릭은 한동안 아무 말을 하지 못한 채, 간신히 의자 쪽으로 몸을 끌고 가 털썩 주저앉더니 띄엄띄엄 말을 늘어놓았다.

"백작의 일은……, 나도 몰라……. 정말 우연한 사고였어. 내가 나가 보니 이미 죽어 있었단 말이네. 유감스럽게도 그는 그저 호수에 빠진 거라네."

"거짓말!"

에릭은 고개를 숙이면서 말을 이었다.

"이봐, 나는 지금 죽어 가고 있어. 알겠나?"

"크리스틴과 라울은 어떻게 됐지? 살아 있나?"

페르시아 인이 화가 나서 묻자, 에릭은 손으로 얼굴을 감싸며 괴로운 듯 중얼거렸다.

"나는 지금 사랑 때문에 죽어 간다는 것을 알리려고 온 것이라네. 알겠나? 나는 크리스틴을 사랑해. 사랑한다고! 아, 그녀가 내게 입맞춤을 허락했을 때 나는 정말 행복했어. 내가 살아 있는 그녀에게 입을 맞추었단 말이야. 그녀는 내 입술을 피하지 않았어. 내 어머니도 피했던 내 얼굴을 마주 보며 말이야. 그렇게 사랑스러운 사람을 내가 어떻게……. 크리스틴은 죽지 않았어. 어느 누구도 크리스틴을 해치지 못해! 당신과 그 녀석은 죽어야만 했어. 하지만 내 아내는 간절히 원했지. 진심으로, 영원히 내 아내가 되겠다고 맹세했지. 그래서 나는 당신들을 구해 준 거야. 그녀의 진심 어린 맹세를 믿고……."

"라울은 어떻게 한 건가?"

페르시아 인이 다그쳐 묻자, 에릭이 한숨을 내쉬더니 라울은 죽지 않았다고 말했다.

페르시아 인과 라울을 살려 주기로 했지만, 에릭은 언제 마음이 변할지 모를 크리스틴 때문에 라울을 인질로 데리고 있기로 했다. 그래서 라울을 아무도 모르는 구석방에 가둬 놓았던 것이다.

에릭은 자리에서 갑자기 일어나 몸을 떨기 시작하더니, 계속해서 말했다.

"라울을 가두고, 다시 크리스틴에게 돌아갔어. 그녀가 나를 기다리고 있더군! 그래, 그녀는 나를 기다리고 있었어. 내가 다가가도 그녀는 몸을 돌리지 않았지. 나는 그녀의 이마에 입을 맞추었다네. 살아 있는 그녀가, 아름다운 그녀가 입맞춤을 허락해 주었으니 그런 행복이 어디 있겠는가? 나는 너무나 행복해서 눈물을 흘렸지. 내가 그녀의 발치에 주저앉아 엉엉 울자, 크리스틴도 조용히 눈물을 흘리더군."

에릭이 말을 하면서 흐느꼈다. 그 모습을 보는 페르시아 인의 두 눈에서도 눈물이 흘러내렸다.

"…… 그런데 그녀의 눈물이 가면 뒤의 내 얼굴로 흘러내린 거야. 나는 그녀의 눈물을 한 방울도 놓치지 않으려고 가면을 벗어 던졌다네. 그런데도 그녀는 달아나지 않았어……. 오히려 그녀는 이렇게 말했어. '오, 가엾은 에릭!'. 그러더니 내 손을 잡았지."

에릭이 거칠게 숨을 몰아쉬었다.

"나는 그 순간, 크리스틴을 위해 죽을 각오를 했어. 어떻게든 그녀를 행복하게 해 주고 싶은 생각밖에 없었거든. 그래서 지난번에 그녀가 잃어버렸던 금반지를 다시 꺼내 그녀의 손가락에 끼워 주었어. 나는 그 반지를 그녀의 가냘픈 손가락에 끼워 주며 말했지.

'자, 이 반지를 받아요! 당신을 위해! 그리고 라울도 데리고 가요. 이건 당신의 가련하고 불행한 에릭이 주는 결혼 선물이오. 크리스틴! 나는 당신이 그를 얼마나 사랑하는지 잘 알아요. 이젠 더 이상 울지 마요, 크리스틴.'이라고 말이야.

그녀가 내게 무슨 뜻이냐고 묻더군. 나는 그녀에게 그 사람과 결혼해도 좋다고 말했어. 왜냐하면, 왜냐하면……, 그녀가 나를 위해 울어 주었고, 그녀의 눈물이 내 눈물과 뒤섞여 하나가 되었기 때문이야!"

에릭은 숨이 막히는 듯 고통스러워하면서 말을 이었다.

"나는 그 길로 젊은이를 풀어 주러 갔다네……. 그리고 크리스틴 앞으로 그를 데리고 왔지. 두 사람은 내가 보는 앞에서 서로 입을 맞추더군. 그때도 크리스틴은 내가 준 반지를 끼고 있었지. 나는 크리스틴에게 부탁했어. 언젠가 내가 죽으면 파리로 다시 돌아와 반지와 함께 내 시체를 묻어 달라고. 그 순간까지는 그 금반지를 간직해 주었으면 좋겠다고……. 나는 그녀에게 내 시체를 어디서 찾아야 하는지, 어떻게 묻어야 하는지를 말해 주었지……. 그랬더니 크리스틴은 내 이마 위에 입을 맞췄고, 두 사람은 함께 떠났다네. 크리스틴은 더 이상 울지 않았어. 나

만 혼자 울고 있었다네.”

에릭은 고통스럽게 이야기를 마친 다음, 천천히 자리에서 일어났다.

“두 연인은 사랑의 서약을 하기 위해 어느 시골 성당의 신부를 찾아간다면서 기차를 탔다더군.

그리고 오늘 내가 자네를 찾아온 것은 마지막 부탁을 하기 위해서야. 내 유품이 자네에게 전달되면 ‘에포크’ 신문 부고란에 내 죽음을 알리는 광고를 실어 주게.

만약 크리스틴이 그 약속을 지킬 생각이 있다면, 돌아오지 않겠는가. 그러니 부디 거절하지 말고 들어주게……. 마지막 부탁이네.”

페르시아 인은 아무것도 더 묻지 않았다. 라울과 크리스틴은 안전한 것이 분명했다.

페르시아 인은 현관까지 에릭을 배웅했다. 에릭은 비틀거리며 아래층으로 내려갔고, 그를 기다리고 있던 충실한 하인 다리우스가 에릭을 부축하여 마차에 태웠다.

그러고 나서 그는 오페라 극장으로 돌아갔다.

그때부터 3주 뒤, ‘에포크’ 신문에 짧은 부음(사람의 죽음을 알리는 기사 또는 기별) 광고가 실렸다.

에릭 사망.

30년쯤 지난 뒤, 오페라 극장의 지하실에서 시체 한 구가 발견되었다.

그것은 이미 흉측하게 썩어 있었지만, 그의 손가락에는 금반지가 끼워져 있었다.

그 반지는 그가 '에릭'이라는 것을 알려 주는 가장 확실한 증거였다.

오페라의 유령

◆ **작품 소개**

가스통 르루의 대표작

1910년에 발표된 이 작품은 소설로는 그리 큰 인기를 끌지 못했지만 영화, 연극, 발레, 뮤지컬 등으로 만들어지면서 가장 많이 사랑받은 작품 가운데 하나이다. 처음 발표 당시 이 작품에 대한 독자들의 반응은 냉담했지만, 1925년 미국에서 무성 영화로 만들어지면서 주목받기 시작하였다. 그렇지만 지금처럼 전 세계적인 인기를 누리게 된 데는 1986년 앤드루 로이드 웨버가 각색한 뮤지컬의 힘이 가장 컸다. 19세기 후반의 파리를 배경으로 하는 이 소설의 기본 구도는 추한 모습 때문에 가면을 쓴 채로 숨어 살아야 하는 오페라의 유령 에릭과 그가 사랑하는 오페라 가수 크리스틴, 그리고 그녀의 연인 라울, 이 세 사람의 삼각관계이다. 그러나 이야기는 단순히 세 남녀의 사랑 이야기만으로 흘러가지 않는다. 작가는 파리 오페라 극장에서 벌어지는 끔찍한 사건들을 추적하며 실마리를 찾아가는 가운데 오페라의 유령에 관한 비밀을 하나씩 파헤치는 구성을 택해 독자들의 호기심을 끊임없이 자극한다.

◆ 줄거리

오페라 극장 총감독들의 퇴임을 기념하는 공연 날, 크리스틴은 카를로타 대신 무대에 올라 큰 성공을 거두고 어린 시절 친구인 라울 자작과 재회한다. 그 무렵 크리스틴은 '오페라의 유령'인 에릭을 '음악의 천사'라 믿고 그에게 노래를 배우는데, 라울은 '음악의 천사'에게 마음을 뺏긴 크리스틴 때문에 괴로워한다. 한편 유령은 신임 총감독들에게 '2층 5번 관람석'과 '매달 2만 프랑'을 줄 것을 요구하지만, 그의 요구는 묵살당한다. 그러자 유령은 끔찍한 사고를 일으킨다. 라울과 에릭 사이에서 갈등하던 크리스틴은 에릭의 실체를 본 뒤 두려움을 느끼고, 라울에게 그간의 일을 털어놓는다. 마침내 두 사람은 서로의 사랑을 확인하고, 다음 날 공연을 마치면 몰래 떠나기로 약속한다. 그 계획을 알게 된 에릭은 공연 중에 크리스틴을 납치해서 오페라 극장 지하로 사라지고, 라울은 페르시아 인과 함께 크리스틴을 찾아 나선다. 에릭은 크리스틴에게 자신과 결혼하지 않으면 다음 날 열한 시에 이 세상 사람들을 끝장내겠다고 말한다. 다음 날 열한 시, 크리스틴은 에릭의 입맞춤을 받아들이고, 아내가 되기로 한다. 그러자 에릭은 생애 최고의 행복을 느끼며 그녀를 라울에게 보낸다. 얼마 뒤, 신문에는 에릭의 부음이 실린다.

◆ **등장인물 소개**

에릭_ '오페라의 유령'으로 알려진 존재로, 여가수 크리스틴을 사랑한다. 흉한 외모 때문에 가면을 쓰고 다니며 오페라 극장의 지하에서 산다. 천상의 목소리를 타고나서 그의 노래를 듣는 사람은 마치 음악의 천사가 부르는 노래를 듣는 것 같은 착각을 일으킨다.

크리스틴 다에_ 오페라 극장의 아름다운 여가수이다. 에릭을 '음악의 천사'라 믿고 그에게 노래를 배워, 최고의 오페라 가수가 된다. 그러나 '음악의 천사'가 '오페라의 유령'이라는 것을 알고 두려워한다. 라울을 사랑하면서도 에릭의 무서운 집착 때문에 갈등하게 된다.

라울 드 샤니 자작_ 어렸을 때부터 크리스틴을 사랑해 온 젊은 청년이다. 크리스틴이 '음악의 천사'를 사랑하는 줄 알고 잠시 절망하기는 하지만 결국 크리스틴과의 사랑을 확인하고 연인 사이가 된다. 크리스틴이 에릭에게 납치되자 페르시아 인과 함께 목숨을 걸고 오페라 극장의 지하 세계로 들어간다.

페르시아 인_ 에릭의 진짜 정체를 알고 있는 단 한 사람이다. 에릭의 광기 때문에 끔찍한 일이 일어날 것을 염려해 끊임없이 그를 추적한다. 크리스틴이 납치되자 라울을 도와 지하 세계로 내려가 에릭과 맞선다.

몽샤르맹과 리샤르_ 오페라 극장의 신임 총감독들이다. 전임 총감독들인 드비엔과 폴리니에게 오페라의 유령에 관한 이야기를 듣지만, 믿지 않고 그들의 장난이라고 생각한다. 유령의 요구를 거절한 뒤 끔찍한 사건이 벌어지자 곤경에 처한다.

카를로타_ 오페라 극장 최고의 여가수이다. 목소리는 아름답지만 심성은 고약하다. 무대에 오르지 말라는 유령의 경고를 듣지 않고 무대에 섰다가 두꺼비 소리를 내고 큰 망신을 당하게 된다.

◆ 들어가기

문학 작품 중에는 원작보다 오히려 영화나 연극 또는 오페라 등으로 각색한 작품이 훨씬 더 잘 알려진 경우도 적지 않다. 그중에서도 《오페라의 유령》(1910)은 이러한 경우를 보여 주는 아마 가장 대표적인 작품 가운데 하나일 것이다. 《오페라의 유령》이라고 하면 프랑스 작가 가스통 르루(1868~1927)의 원작 동명 소설보다는 오히려 이 작품을 바탕으로 만든 뮤지컬을 금방 떠올릴 사람이 많을 것이다. 세계적인 작곡가 앤드루 로이드 웨버와 제작자 카메론 매킨토시, 무대 연출의 거장 해럴드 프린스 등 내로라하는 쟁쟁한 제작자들이 참여해 만든 뮤지컬 《오페라의 유령》은 1986년 영국 런던에서 초연된 뒤 1988년에 뉴욕의 브로드웨이에 입성하였다. 음악은 앤드류 로이드 웨버와 찰스 하트가 맡았다. 또한 리처드 스틸고가 추가로 작사를 하기도 하였다.

뮤지컬 《오페라의 유령》은 2012년 현재 웨스트엔드에서 26

년, 브로드웨이에서 24년째 장기공연 중으로 세기를 뛰어넘어 종연을 예측할 수 없는 유일무이한 공연 작품으로 손꼽히고 있다. 지난 2004년 2월, 《레미제라블》의 7천회 가까운 공연 기록을 깨뜨리면서 브로드웨이에서 두 번째 최장기 공연으로 자리를 잡았으며, 《캐츠》의 7천 5백회 공연 기록을 넘어설 유일한 작품이기도 하다. 이 《오페라의 유령》을 관람한 인구만도 전 세계에 걸쳐 20개국에 110개 도시에서 무려 1억 명이 넘는다.

1986년 런던 올리비에상(賞) 2개 부문(최우수 작품상, 최우수 연기상) 수상, 1988년 뉴욕 토니상 7개 부문(최우수 작품사, 최우수 남우상, 여우 조연상, 감독상, 무대 디자인상, 의상 디자인상, 조명 디자인상)을 비롯하여 1988년 드라마 데스크상 7개 부문 등 전 세계 50여 개의 중요한 상을 석권하다시피 하였다.

《오페라의 유령》은 비단 뮤지컬에 그치지 않고 영화로 만들어져 큰 인기를 끌기도 하였다. 1925년에 처음 영화로 만들어진 이후 여러 번 리메이크되었다. 2004년에 제작된 영화에서는 제라드 제임스 버틀러가 에릭 역으로 출연하였다. 얼굴 한쪽만 가린 흰색 가면 형태도 이때부터 지금의 형태로 정착되었다. 이 밖에도 이 작품은 연극과 무용으로도 각색되어 인기를 끌었다.

시간이 지나면서 에릭이 쓰고 있는 가면의 모습도 조금씩 달라졌다. 초연 당시 팬텀의 가면은 금속제로 입 윗부분부터 머리까지 모두 가린 것이었는데, 그가 노래하기에 너무 불편할 뿐만 아니라 잘 보이지 않고 무겁다고 불평해 중간에 바꿨다고 한다.

◆ 작품의 장르적 특성

가스통 르루는 《오페라의 유령》을 1909년 11월부터 이듬해 1월까지 〈르 골루아〉에 연재한 뒤 1911년에 단행본으로 출간하였다. 1백여 년이 지난 지금 르루는 이 소설 한 권으로 그 이름이 잘 알려져 있지만, 실제로 50여 권에 이르는 엄청난 분량의 소설을 쓴 소설가이다. 미국의 에드거 앨런 포와 영국의 아서 코넌 도일에 이어 르루는 프랑스 문단에 추리소설 전통을 수립하는 데 크게 이바지하였다.

르루는 일찍이 문학에 남다른 정열을 보였다. 노르망디 지방의 예술학교에서 공부할 때 그는 이곳에서 처음으로 '문학이라는 악마에 사로 잡혔다'라고 고백할 만큼 문학에 심취하였다. 그 뒤 신문기자 생활을 한 르루는 기자답게 탄탄한 구성과 사실적인 문체로 박진감 넘치게 사건을 펼쳐나갔다. 이 작품을 쓰면서 르루는 직접 파리 오페라 극장과 지하를 둘러보는 등 역사적 고증을 게을리 하지 않았다. 지금은 파리 발레 극장으로 사용하는 파리 오페라 극장 지하에는 파리 코뮌 당시 죄수들을 감금해

두는 감옥이 있다는 사실도 밝혀냈다.

서양 문학사에서 순결하고 아름다운 여성과 모습이 흉측한 괴물 사이의 사랑을 소재로 삼은 작품은 《미녀와 야수》, 《드라큘라》, 《푸른 수염》 등 그다지 어렵지 않게 찾아볼 수 있다. 《오페라의 유령》은 서양 문학사에서 고전적 공포소설의 전통과 맥을 같이한다. 이 장르에 속하는 작품들을 꿰뚫는 순수와 예술에 대한 미적 추구, 그리고 그것과 극명하게 대립하는 공포와 죽음, 불안 등은 인간의 내면에 깊이 깃든 욕망과 무의식을 끊임없이 자극하는 원초적인 요소라고 할 수 있다.

화려하고 웅장한 오페라 극장에 숨겨진 비밀스러운 장소들, 안개에 둘러싸인 지하의 호수, 신비로운 배경에서 꼬리에 꼬리를 물면서 벌어지는 이상야릇한 사건들을 보면 이 소설은 미스터리에 초점을 맞추는 탐정소설이나 추리소설의 범주에 넣어도 무리가 되지 않는다. 에릭이 크리스틴에게 품고 있는 불꽃같은 사랑이나, 크리스틴과 라울 자작의 숭고한 사랑과 희생 등 사랑의 본질과 속성을 다룬 애정소설로 보아도 모자라지 않는다. 그런가 하면 인간 심리에 대한 탐색을 다룬다는 점에서는 심리소설이요, 예술과 삶의 문제를 다룬다는 점에서는 예술소설이나 철학소설로 읽어도 손색이 없다.

가스통 르루의 《오페라의 유령》의 가장 중요한 특징 중의 하나는 이렇게 여러 장르적 특성을 하나로 결합한다는 점이다. 이렇게 여러 요소를 두루 갖춘 작품이기 때문에 이 작품은 무려 1백년이 지난 지금까지도 시간과 장소를 훌쩍 뛰어넘어 아직도 마력 같은 감동과 흥미를 불러일으킨다.

◆ **작품의 배경과 내용**

《오페라의 유령》은 그 제목에서도 엿볼 수 있듯이 오페라 극장과 그곳에서 일어나는 사건을 중심적인 플롯으로 다룬다. 19세기 후반의 프랑스 파리에서 아름답고 재능을 겸비한 오페라 가수 크리스틴 디에는 대역으로 무대에 선 뒤 극찬을 받으며 프리마돈나로 등극한다. 그러나 그녀의 실력 뒤에는 신비스러운 존재인 '음악의 천사'로부터 받아온 수업이 숨어 있었다. 그러나 죽은 아버지가 보내 주었다고 믿었던 천사의 정체는 바로 극장 지하에 은둔하던 '오페라의 유령' 에릭이었다.

에릭은 천부적인 예술적 재능을 가지고 이 세상에 태어났지만 괴이한 얼굴로 늘 가면을 쓰고 오페라 극장의 지하에서 살아간다. 사랑을 갈구하며 크리스틴 앞에 모습을 드러내지만, 그녀는 이미 어린 시절 친구인 라울 자작과 사랑에 빠져 있었다. 보답 받지 못한 사랑에 분노한 '오페라의 유령' 에릭은 점점 더 심한 집착과 광기에 휩싸여 크리스틴을 납치한다. 그러나 에릭은 진정으로 자신을 위해 아파 하는 크리스틴의 눈물과 입맞춤에 무릎을 꿇고 결국 그녀를 떠나보낸 뒤 외로이 숨을 거둔다. 사랑을 꿈꾸던 유령은 스스로 사랑을 놓아줌으로써 영원히 무대 뒤에 전설로서 남았다.

◆ 작품의 중심 주제

《오페라의 유령》의 가장 중요한 주제 중의 하나는 사랑과 희생이다. 크리스틴과 라울의 사랑은 온갖 비바람을 겪으며 피운 한 떨기 아름다운 꽃과 같다. 라울은 어린 시절 바다에 날아간 그녀의 스카프를 되찾기 위하여 죽음을 무릅쓰고 드넓은 바다에 뛰어들 만큼 그녀를 사랑한다. 또 오랜 세월이 흐른 뒤 오페라 극장에서 우연히 다시 만날 때도 두 사람의 사랑은 여간 애틋하지 않다.

적어도 이 점에서는 '오페라의 유령'인 에릭도 다르지 않다. 에릭조차 크리스틴을 너무 사랑한 나머지 그녀를 호숫가로 납치하지만 곧 그것은 사랑이 아니라 집착이라는 사실을 깨닫는다. 이 사실을 깨닫고 에릭은 크리스틴을 떠나보낸 뒤 숨을 거둔다.

그러나 《오페라의 유령》의 중심 주제는 뭐니 뭐니 해도 삶의

겉모습(외견)과 그 뒤에 숨어 있는 참모습(실재) 사이의 차이나 간극이다. 삶에서는 겉으로 드러난 그럴듯한 모습과 실제 모습 사이에는 적잖이 차이가 난다. 이 작품에서는 처음부터 끝까지 화려한 무대에서 펼쳐지는 오페라는 좀처럼 볼 수 없고 무대 뒤에서 벌어지는 온갖 사건이 중심 플롯을 이룬다. 다시 말해서 무대 앞과 무대 뒤는 크게 다르다. 눈부신 의상과 으리으리한 세트와 아름다운 음악 등 무대 앞은 무척 화려하지만 관객의 눈에 보이지 않는 무대 뒤는 무질서하고 지저분하고 난잡하기 이를 데 없다. 또한 무대 뒤에서는 온갖 음모와 배신이 일어난다. 관객은 무대 앞의 화려한 모습만 볼 뿐 무대 뒤의 누추한 모습은 제대로 보지 못한다.

오페라 무대를 축소해 놓은 것이 바로 에릭이 늘 쓰고 있는 가면이다. 에릭이 가면을 쓰고 있을 때 크리스틴은 그가 사람들로부터 오해받는 가련한 사람이라고 믿는다. 그래서 에릭이 자신을 '음악의 영혼'이라고 소개할 때 그녀는 그의 뛰어난 음악적 재능을 믿고 그를 천사처럼 생각한다. 그러나 막상 가면을 벗은 에릭의 모습을 본 크리스틴은 너무나 공포에 사로잡혀 그에게 호감을 품지 못한다.

이 점에서는 에릭이 살고 있는 지하실도 가면 못지않게 자못 상징적이다. 지하실도 오페라 극장의 화려한 지상의 모습에 가

려 전혀 드러나지 않는다. 오페라 무대의 뒤쪽과 가면과 지하실
은 인간의 의식 세계에 가려 있는 무의식이나 잠재의식을 상징
한다고 볼 수 있다.

가스통 르루는 1868년 프랑스 파리에서 태어났다. 1880년에 노
르망디 지방의 예술학교에 입학하였다. 그 뒤 1886년부터 파리에
서 법학을 공부하고 한때 변호사로 일한 적도 있었다. 유산을 많
이 상속받았지만 모두 탕진하고 파산하였다. 그 뒤부터 그는 법
원 출입 기자, 연극 비평가, 해외 특파원 등으로 일하였다.

1907년 르루는 갑자기 저널리스트로서의 생활을 청산하고
소설을 집필하기 시작하였다. 〈뤼테스〉를 비롯한 여러 문학잡
지에 작품을 기고하기 시작하면서 작가로 데뷔하였다. 60여 년
에 이르는 생애 동안 다양한 경력을 쌓았고, 흥미롭고 다채로운
생활 방식을 그대로 반영하듯이 작품 소재 또한 매우 광범위하
였다. 모험심과 기발한 상상력으로도 유명한 르루는 새로운 작
품을 완성할 때마다 허공에 권총을 발사하여 가족과 이웃을 놀
라게 하였다.

여행을 무척 좋아한 르루는 1891년 〈레코 드 파리〉 잡지의

기자로 시작해 1894년 〈르마탱〉 신문사의 기자가 된 뒤 언론인으로서 명성을 날렸다. 1905년 러시아 혁명의 현장뿐만 아니라 스칸디나비아 반도와 북아프리카 등을 탐험하였다. 북아프리카 여행 당시에는 안전을 위해 아랍인으로 위장하는 등 전쟁 특파원으로 세계 곳곳을 누비고 다니며 사건들을 체험하고 기사를 썼다.

르루는 《오페라의 유령》 말고도 《노란방의 비밀》, 《검은 옷을 입은 여인의 향기》, 《살인 기계》 등 50여 편에 이르는 많은 작품을 남겼다. 르루는 1927년 니스에서 세상을 떠났다.